あずかりやさん

마음을 맡기는 보관가게

3

あずかりやさん

마음을 맡기는 보관가게

3

오야마 준코 지음
이소담 옮김

차례

고양이 왈츠

"하루 100엔입니다."

가게 주인의 맑은 목소리가 지나치게 평화로운 가게 안 분위기를 갑자기 긴장시켰다.

덕분에 우리는 마음이 놓였다.

"오래 기다리셨습니다, 대통령!"이라고 외쳤지만 우리의 목소리는 가게 주인에게 들리지 않는다.

애초에 대통령이 대체 뭐람?

우리가 아는 지식은 대부분 동료에게서 얻은 것이다. 대통령이라는 단어는 아는데, 그게 달콤한 건지 시큼한 건지는 모른다. '오래 기다리셨습니다' 다음에 오는 단어라고 인식했을 뿐이다.*

우리는 이 세상을 많이 알지 못한다. 왜냐하면 우리는 아주 젊다. 태어난 건 3주 전이고, 오늘 아침에야 어른들 틈에 낄 수 있었다.

갓 만들어진 따끈따끈한 어른이란 뜻이다.

"며칠 동안 보관해드릴까요?"

가게 주인은 늘 그렇듯 손님과 냉정하게 대치한다. 안절부절못하거나 허둥거리거나 의욕이 넘치는 일이 없다. 으음, 아닌가, 좀 다른가. 늘 의욕은 넘친다. 차분하게 넘친다. 우리도 그쯤은 안다. 이제 어른이고, 우리에게는 3주분의 생생한 경험이 있다. 거기에 몇 년이나 되는 기억을 동료에게서 물려받았다.

자, 오늘 가게 주인은 아침부터 좌식 책상에서 점자책을 읽었다.

오전 영업시간은 7시에서 11시. 그사이에 방문한 손님이 한 명도 없어서 주인은 단 한 번도 방해받지 않고 쭉 점자책을 읽을 수 있었다. 끝까지 다 읽자 일단 책을 덮었다. 어디, 이제 뭘 할 거지? 물구나무서기라도 보여주려나? 흥미진진

---

* '오래 기다리셨습니다, 대통령待ってました, 大統領!'은 주역이 등장했을 때 배우에게 친근감을 담아 반기면서 농담처럼 쓰는 말이다. 배우가 아닌 사람에게 쓸 때는 비꼬는 느낌이 담기기도 한다.

하게 지켜봤는데 믿을 수 없게도 주인은 점자책을 다시 첫 장부터 손가락으로 더듬기 시작했다.

같은 문장을 반복해서 읽다니!

바보 같다.

뭐, 알고는 있다. 가게 주인이 그런 인간이라는 건.

성과를 조급하게 바라지 않고 느긋하게 산다. 향상심이 있는지 없는지 참 알쏭달쏭하다. 생후 3주인 우리가 보기에 그는 평화 애호가다. 이득을 따지기보다 평화를 선호한다. 때때로 선악보다 평화를 우선시한다. 한마디로 **무사안일주의**다.

우리는 생각한다.

이 세상에서 가장 어려운 일, 그건 가게 주인을 화나게 하는 것.

이 세상에서 가장 간단한 일, 그건 바로바로 우리를 화나게 하는 것이라고.

이 가게에 있는 녀석들은 모두 가게 주인에게 물들어 평화주의다. 포렴은 비가 오거나 날이 맑거나 실없이 웃으며 허공에 매달려 있고, 오래된 벽시계는 시간이 되면 봉봉봉봉 비슷한 소리를 낸다. 가끔은 핑퐁핑퐁이나 *쩽쩽쩽쩽* 같은 소리를 내서 자기주장을 좀 하라고. 유리 진열장도 그렇다. 짜증을 부리며 깨지지도 않고 언제나 투명감을 유지하며 시치미를 뗀다.

이 느긋한 왕국에서 우리는 이질적으로 화를 잘 내는 놈들이다. 무슨 일만 있으면 화가 나고 아무 일이 없어도 또 화가 난다.

그렇다 보니 우리는 오전 내내 지루한 기분만 잔뜩 쌓였다. 이쪽은 완전히 짜증이 났는데 가게 주인은 아무렇지 않은 얼굴을 하고는, 마치 책을 읽는 게 보관가게의 일이라는 듯이 독서에 열중했다.

책을 읽어봤자 돈도 못 벌고 배가 부르지도 않다. 즉 가게 주인은 **심심풀이**에 진지하게 몰두한 것이다.

가게 주인은 느긋하다. 성미를 잴 수 있다면 3미터 정도는 될 거다. 우리의 성미는 고작해야 3밀리미터 정도겠지.

성미의 길이와 수명은 밀접한 관계가 있는 것 같다. 우리의 수명은 두 달 정도다. 벌써 절반 가까이 썼다. 그러니 수명을 낭비하기 싫어서 자꾸만 조바심을 낸다.

개인의 경험은 한정적이라 동료의 수다를 듣고 세상을 이해하고, 태어나기 전의 역사를 부지런히 자기 것으로 삼는다. 우리 종은 세대를 넘어 기억을 공유한다. 기억을 대대손손 물려받았으니 죽음은 그다지 두려운 존재가 아니다. 어쨌

든 계산하면 두 달에 한 번은 죽어야 하니 우리에게 죽음은 일상이다.

목숨이 있는 것은 전부 태어난 순간부터 생명의 카운트다운이 시작되니 인간도 예외는 아니지만. 그들은 우리에 비하면 카운트다운이 아주 기니 평소에는 백그라운드 뮤직으로 여기고 의식하지 않을 것이다.

만약 우리가 가게 주인이었다면 가게 문을 열고 한 시간이나 지났는데 손님이 한 명도 안 오면 뭔가 손을 썼으리라.

우리는 가게 앞에서 이렇게 외치겠지.

"어서 오세요, 어서 오세요. 뭔가 보관하고 싶은 물건은 없나요? 쓸 일이 없고 너무 눈에 거슬리는데 버릴 마음은 들지 않는 물건은 없나요? 만일 있다면 부디 우리 보관가게로 가지고 오세요. 하루에 100엔으로 무엇이든 보관해드립니다. 며칠이든 몇 개월이든 몇 년이든 보관해드린다니까요. 30일간 맡기면 하루는 공짜로 해드리죠. 거기 가는 학생. 그냥 가지 말아요. 잠깐 멈춰 서서 우리 말 좀 들어보라니까. 학생 할인도 있습니다. 대학생은 하루에 99엔, 고등학생은 98엔, 중학생 이하라면 세상에나 파격적으로 95엔. 100엔을 내면 5엔을 거슬러 받을 수 있어요."

아무리 외쳐도 걸음을 멈추는 사람은 없겠지. 사람은 우리 목소리를 듣지 못하고, 기껏해야 우리 모습을 간신히 볼 뿐이니까.

우리가 대체 뭐냐고?

신분은 보관가게 사장님의, 으음, 뭐라고 하면 좋을까. 측근. 그래, 측근이다.

사장님은 가게 주인보다 신분이 높다. 이건 사회적 상식이다. 가게에서 제일 훌륭한 사장님의 측근인 우리와 가게 주인 중 누구 신분이 더 높은지 물으면 뭐, 동료라고 해도 좋겠지.

현실적으로 보관가게 시스템에 학생 할인은 없다.

가게 주인은 가격을 단 1엔도 깎지 않는다. 가게 앞에서 소리치지도 않는다. 성과주의가 아니라 보수파이자 성실파다. 가게 살림은 전부 주인이 도맡았다. 그렇다면 사장님은 뭘 하는가. 너무 훌륭해서 먹고 잔다.

오후 영업을 시작하는 3시 정각, 가게 주인이 포럼을 걸자마자 손님이 나타났다. 오늘 제1호 손님이다.

아무튼 그렇게 되었다.

가게 주인은 마루에서 손님과 대치 중이다. 설명이 길었는데 이제부터가 중요한 '지금'이다.

주인이 "며칠 동안 보관해드릴까요?"라고 질문하자 손님은 손가락 세 개를 세워 보였다.

손가락을 세워봤자 가게 주인에겐 통하지 않는다. 왜냐하면 가게 주인은 눈이 보이지 않는다.

"사흘간 부탁할게요."

손님 옆에 있는 다른 손님이 손님을 대신해 말했다. 손가락을 세운 쪽은 작은 손님이고 말한 쪽은 큰 손님이다. 큰 쪽이 작은 쪽의 엄마가 분명하다.

가게 주인과 두 손님 사이에는 피곤해 보이는 기린이 앉아 있었다. 기린은 기린인데 가게에 들어올 수 있는 인형이어서 숨은 쉬지 않고, 전에 기름진 마네키네코ま ね き ね こ*를 맡은 적 있는데 크기는 그 정도다. 기린은 목을 기울이고 있었다. 전체적으로 몹시 피곤해 보였다. 여기저기 거무스름하고 안에 든 솜이 죽었는데, 그래서 목이 기울었다.

"나를 왜 여기에 맡기려는 거지?"

기린은 어리둥절한 듯 보였다.

"내가 뭐 나쁜 짓을 했나?"

고민하는 듯도 보였다.

"사는 데 지쳤어."

---

* 앞발을 들고 뭔가 부르는 시늉을 하는 고양이 모양 장식품. 복을 가져다준다는 속설이 있다.

이렇게도 보였다. 기울어진 목으로 참 웅변가다.

"그럼 300엔을 선불로 주십시오."

가게 주인이 말하자 작은 손님은 목에 건 노란 지갑의 입을 쩍 벌려 믿음직스럽지 못한 손가락으로 안에 든 것을 집더니 주인의 커다란 손바닥 위에 놓았다.

동그랗고 납작하고 투명하다. 딱 봐도 돈이 아니다.

"저건 공기놀이할 때 쓰는 구슬이야"라고 동료가 말했다.

말하지 않아도 안다. 보는 건 처음이라도 물려받은 기억이 있다. 유리로 만든 공기놀이용 구슬. 인간 아이가 손가락으로 튕기면서 노는 장난감. 고픈 배를 달래주지 못하는 것. 그게 가게 주인의 손바닥에 세 개 놓였다.

가게 주인이 차분한 표정으로 말했다.

"사흘이 지나도 찾으러 오시지 않으면 보관품은 제 것이 됩니다만, 괜찮으신가요?"

손님이 고개를 끄덕이자 윤기 흐르는 까만 단발머리가 흔들렸다. 말을 못 하나?

엄마가 대신 말했다.

"상대해주셔서 고맙습니다. 이 가게 이야기를 했더니 애도 뭔가 보관하고 싶다고 해서요."

엄마 쪽은 전에 이 가게에 뭔가 보관해달라고 한 적이

있나?

기억에 없다. 우리가 항상 가게에 있는 건 아니라 모두의 기억을 긁어모아도 손님을 전부 파악하지는 못한다. 사장님은 오늘처럼 가게에 있을 때도 있고 여기저기 돌아다니며 상점가의 다른 가게에서 야무지게 밥을 얻어먹기도 한다. 측근인 우리는 사장님과 함께 행동하니 그러는 동안 가게에서 일어나는 일은 모른다.

"성함이 어떻게 되시나요?" 가게 주인이 묻자 작은 손님이 처음으로 입을 열었다.

"엘리자베스."

옆에서 엄마가 후후후 웃었다.

"보관품이 아니라 보관하는 사람의 이름을 물은 거야. 네 이름을 말하렴."

오호라, 인간이란 부모 자식 사이여도 기억을 공유하지 못하는구나. 그러니 학교 같은 데 들어가서 부지런히 공부해야 한다. 태어날 때마다 처음부터 교육해야 한다니, 인간은 참 효율 나쁜 생물이다.

"윳코." 작은 손님이 말했다.

"그럼 윳코 양, 엘리자베스는 저희 가게에서 소중히 보관하겠습니다." 가게 주인이 말했다.

엄마와 아이는 마루에서 내려와 신발을 신었다.

"안녕히 가세요." 주인이 말했다.

"그럼 또 올게요."

이것들이 집에 갈 생각이구나.

"까불지 마, 이것들아!" 우리는 화를 냈다.

당신 딸은 인형을 맡겼어. 그걸 사흘 뒤에 찾으러 올 생각이지? 말해두겠는데 여기는 **소꿉놀이하는 가게**가 아니야. 보관가게라고. 보관의 프로야. 장난감 구슬이 아니라 제대로 300엔을 내란 말이야. 딸이 내지 못한다면 엄마인 댁이 내야지. 가게 주인은 보관을 취미로 하는 게 아니라 직업으로 한다고. 네놈들이 지금 한 짓은 채소 가게에서 무를 사고 유리 구슬을 두고 간 거라고! 라면 가게에서 고기 듬뿍 라면을 먹고 풍선을 두고 간 거나 마찬가지란 말이야. 이발소에서 머리를 깎고 양말을 두고 가는 거랑 뭐가 달라? 앙? 양말은 좋은 비유가 아닌가? 손수건? 뭐, 상관없나. 아무튼 말이다.

지금 이거 범죄 아니냐고!

보관은 곧 노동이다. 그 대가로서 비용이 발생하는 건 당연한 섭리다!

열받은 우리는 손님을 따끔하게 응징하려고 했다.

우리는 먼저 사장님을 살짝 물었다. 그러자 사장님이 야

옹 하고 울었다. 엄마가 힐끔 사장님을 본 타이밍을 노려 사장님의 등에서 폴짝 뛰어 기린의 머리에 달라붙었다. 키가 2밀리미터인 우리를 엄마의 동체 시력이 포착할지 못할지는 완전히 운에 맡겼다. 피도 눈물도 없는 인형에는 달라붙어봤자 득 될 게 하나도 없지만, 인간이, 특히 여자가 우리를 끔찍하게 싫어한다는 사실을 알았다.

다행히 우리의 멋들어진 도약은 엄마를 협박하기에 충분한 퍼포먼스였다.

"꺅!"

엄마가 비명을 질렀다.

여자의 비명이 보관가게에 울려 퍼진 것은 우리가 기억하는 한 역사상 최초의 일이다. 가게에 화재경보기는 있어도 비명경보기는 없다. 있었다면 필시 삑삑 울려댔겠지.

언제나 냉정하고 침착한 가게 주인도 역시 동요했는지 헉하고 숨을 삼키는 소리가 들렸다.

"도대체 여기는 위생 관리를 어떻게 하는 거죠?"

엄마는 딸을 가게 밖으로 피신시키고 자기만 돌아와 입에 손수건을 대고 불평했다. 마치 가게에 독가스가 퍼지기라도 한 것처럼 과잉 방어다.

"왜 그러시죠?"

가게 주인의 목소리는 냉정했다. 그 냉정함이 아니꼬웠을 것이다. 엄마의 목소리가 한 옥타브 올라가고, 뒤집히고, 거기에 비틀기까지 한 번 들어간 고난도 동작을 해냈다.

"지금 그걸 못 봤어요?"

엄마는 "요?" 다음에 아차 싶은 표정을 지었다. 눈이 안 보이는 가게 주인에게 심한 말을 했다는 걸 곧바로 깨달았나 보다. 가게 주인은 어떤가 하면, 엄마가 자기 실언을 알아차리지 못하도록 배려하는지 아무 말도 못 들었다는 태도를 유지했다.

이 세상에서 가장 어려운 일은 가게 주인에게 상처 주는 것일지도 모른다.

가게 주인은 상처받지 않는다. 상처받지 않으니 화내지 않는다. 언뜻 나약해 보이는데 강철처럼 튼튼한 마음을 가진 모양이다.

애초에 눈이 보이지 않는 사람은 이런 일에 익숙하지 않을까. 인간은 다수결을 신처럼 추앙하는 생물이니까. 수가 많다는 이유만으로 눈이 보이는 인간을 위한 사회를 만들었다. 달맞이, 꽃구경, 불꽃놀이. 이런 걸 국민적인 이벤트로 하면 눈이 보이지 않는 사람은 배제되잖아.

음, 배제가 뭐더라?

"그 기린은 필요 없어요."

엄마가 목소리를 가다듬고 말했다.

"벼룩은 병의 매개체니까요. 우리 아이 곁에 둘 수 없어요. 그쪽에서 처분해주세요."

"엄마! 싫어!"

걱정스럽게 가게를 들여다보던 장난감 구슬 딸이 튕기듯이 외쳤다.

"엘리자베스는 윳코의 소중한 친구야! 아저씨한테 준 게 아니야. 내일모레 다음 날에 데리러 올 거야."

엘리자베스의 기울어진 머리가 순간 수직으로 선 것처럼 보였다. 맡겨지긴 했지만 애정이 사라져서가 아닌 걸 알고 안심했나 보다. 그래도 역시 낡은 건 사실이라 목은 여전히 기울어졌다.

그건 그렇고 가게 주인이 **아저씨**라. 뭐, 구슬과 돈도 구별하지 못하는 나이에는 열 살 소년이 오빠일 테고 스무 살이나 차이가 나면 전부 아저씨겠지.

가게 주인은 대체 몇 살일까?

동료의 기억 정보에 따르면, 이 가게를 시작한 건 10대 후반이고 그때부터 쭉 경력을 쌓았다. 지금은 서른에 손이 닿을 정도일까. 수명이 2개월인 우리가 보기에는 영원히 사는 것 같다. 질리지 않나?

"엘리자베스한테 벼룩이 있어." 엄마가 말했다.

"벼룩이 뭐야?"

"불결하고 위험한 거."

그 말을 남기고 오늘 제1호 손님은 떠났다. 큰 손님이 작은 손님을 잡아끌며 마치 불난 곳에서 도망치듯 가게에서 허둥지둥 멀어졌다.

가게 주인은 밖까지 나가 "정말 죄송합니다" 하고 고개를 숙였다. 그대로 한참이나 고개를 들지 않았다. 포렴은 "신경 쓰지 마"라고 말하는 것처럼 계속 이리저리 흔들렸다.

저 엄마를 응징하려고 했는데 가게 주인을 응징하는 결과를 낳고 말았다.

아직 영업시간인데 가게 주인이 포렴을 거둬들였다.

기린을 가지고 안쪽 방으로 들어갔다. 달그락달그락, 벅벅, 소리가 났다. 잠시 뒤 물이 내려가는 소리가 들렸다. 인형을 빨고 있나 보다. 아마 비누 거품을 내 문질러 비비고 이제 헹구는 중이겠지. 우리는 괜찮다. 이미 사장님의 등으로 돌아왔고 지금은 귀 뒤에서 드링킹하는 중이니까.

사장님은 하얀 고양이다. 고양이답게 크게 하품하고 기지

개를 켜고 귀 뒤를 뒷발로 벅벅 긁었다. 우리는 다다미 바닥에 떨어졌지만 즉각 꼬리에 올라탔다.

사장님은 우리를 꼬리에 단 채로 가게를 나섰다.

가게 밖은 아시타마치 곤페이토 상점가다. 카페와 정육점, 문방구와 라면 가게 등 예스러운 상점이 줄지어 있다. 오후에는 하교하는 학생과 주부가 와서 그럭저럭 붐빈다. 사장님은 여기가 내 길이라는 듯 당당하게 한복판을 걸어갔다.

이 상점가에는 다른 고양이도 있는데, 싸우지 않고 공생한다. 이 근방에 완전한 실내형 고양이가 있을까. 완전한 실내형은 눈에 보이지 않으니 그건 잘 모르겠는데, 우리가 아는 고양이들은 모두 자유롭게 상점가를 어슬렁거리고 근처 공원에 모인다. 참새가 흔한 것처럼 고양이도 흔하다. 이곳 풍경에 완전히 녹아들었다. 상점가 사람들은 평소 고양이에 별다른 관심을 두지 않는데, 오늘은 기분 탓인지 사장님이 주목을 많이 받는 것 같다.

"사장님이네." "저기, 저기 봐." 손가락질하는 사람도 있다.

사장님은 하얀 고양이의 이름이다. 이름은 신분을 끌고 오는 힘이 있어서 거만한 태도가 진짜 사장님 같다. 사장님은 여자라서 콧대가 높다. 우리 종도 여자들이 거들먹거린다. 몸집도 크다. 우리 남자는 모두 **여자가 그런 존재**인 걸 잘 알아서 거스르지 않는다. 그게 건강한 번식의 비법이다.

오늘 주목받는 정도를 보면 사장님의 당당한 의식과 민심이 일치한 것 같다.

어쩌면 보관가게 사장님에서 승급해 아시타마치 곤페이토 상점가의 사장님이 되었는지도 모른다. 모두가 주목할 수밖에 없는 절대적인 권력을 얻었을지도 모른다.

우리는 사장님의 측근이고, 다르게 표현하면 절지동물이자 곤충이고, 이 나라에서 가장 유명한 외부 기생생물이다. 한마디로 윳코의 엄마가 말한 것처럼 벼룩이다.

우리는 사장님의 몸에 붙어살았던 어머니가 낳은 알에서 태어났다. 한동안은 가게의 마루 다다미에서 굴러다녔는데, 깨끗한 걸 좋아하는 주인이 매일 아침 다다미를 걸레질하고 방석도 볕에 말려서 동료 대부분이 알 단계에서 소멸했다. 우리는 운 좋게 입구에서 불어든 바람에 날려 다다미 테두리 틈으로 굴러가 간신히 환란을 피했다. 남들 모르게 유충이 되고 번데기가 되고 숨죽여 기생할 곳을 노렸다. 오늘 아침 가게 문을 열기 전에 사장님이 다다미에서 뒹굴자 이때가 기회다 싶어 어른으로 변이해 사장님의 몸으로 이주했다.

어른이 되는 것을 '우화羽化'라고 한다는데 우리에게 날개는 없다. 대신 뒷발이 발달해서 도약력이 대단하다. 사장님의 피를 드링킹했으니 아마 앞으로 한 달 정도는 목숨을 부지할 것이다.

누가 뭐래도 사장님이 존재하므로 우리가 존재한다. 사장님이 건강하게 장수해야 한다. 우리에게는 번식이라는 임무가 있는데, 솔직히 보관가게에서는 번식 업무를 하기가 매우 어렵다. 아까도 말했듯이 가게 주인은 구석구석 부지런히 닦고 빨래도 자주 한다. 그러니 우리처럼 운이 몹시 좋은 몇몇 이외에는 알 단계에서 도태해 사장님의 몸으로 돌아가지 못한다. 따라서 사장님의 몸에 사는 벼룩은 몇 안 되는 숫자로, 받아가는 피도 얼마 안 된다. 사장님이 괴로우면 피 맛도 떨어지니 아주 좋은 관계라고 할 수 있다.

물론 공생이라는 시건방진 소리는 할 수 없다. 사장님에게 일방적으로 보시를 받는 몸이라 돌려줄 것이 없다. 그래서 최소한 사장님의 건강을 바라는, 눈에 보이지 않는 일이라도 한다.

이 상점가의 고양이 중 측근으로 벼룩을 거느린 고양이는 우리 사장님뿐이다. 요즘 고양이는 보통 주인이 약을 뿌린다. 한 번 살포하면 우리는 일망타진이다.

보관가게 주인이 멍청한 것은 아니다. 보관품을 넣어두는 안쪽 방에는 주의를 기울여 방충제, 곰팡이 방지제, 제습제 등을 놓고 빈틈없이 지킨다. 윳코의 엄마가 말한 '위생 관리'는 철저하다고 해도 좋다. 보관품에 한해서는.

가게 주인은 자신이 생활하는 방이나 가게에는 약품을 쓰지 않는다. 청소는 하지만 방충 대책은 세우지 않는다. 가끔 모기향을 피우긴 해도 불을 다룰 때 신경을 많이 써야 하는지 자주 쓰지 않는다. 약품은 벌레를 죽인다. 보관품 중에는 장수풍뎅이나 나비도 있고, 금붕어나 새를 맡은 적도 있다. 만에 하나라도 보관품의 생명을 위협하지 않게 벌레가 살 수 있는 환경을 의식적으로 만든다.

가게 주인은 벌레에 무방비하다. 모기에 쏘여도 약도 안 바르고 벅벅 긁기만 한다. 그래도 우리는 주인의 피는 마시지 않기로 했다. 이건 가훈이다.

기리시마 도오루 씨의 피부를 해치지 말 것.

기리시마 도오루란 가게 주인의 이름이다. 가훈을 정한 조상의 의도는 모르겠다.

보관가게 벽시계 근처에는 거미가 산다. 그 거미는 하늘을 날아서 왔나 보다. 우리는 하늘을 날지 못한다. 날개가 없으니 당연한데, 거미도 날개는 없다. 그런데도 하늘을 날 수 있는 것 같다. 토해내는 실에 비밀이 있는 모양이다.

우리도 하면 할 수 있을까?

하늘을 난다니 어떤 기분일까. 실 대신 용기를 토해내면 날 수 있을까.

거미는 아시타마치 공원 상수리나무에서 바람을 타고 날아와 보관가게의 쪽빛 포렴에 도착해 가게 안으로 침입했다고 한다. 그때 이후로 단 한 번도 밖에 나가지 않았단다.

거미는 벌레를 먹는다. 벌레에 관대한 보관가게는 거미가 지내기 아주 좋은 곳이겠지. 거미는 작은 벌레를 잡아먹어서 가게 안의 벌레 수를 적당하게 조절하는 역할을 한다. 가게에 계속 있으니 보관가게에 관해서는 우리보다 잘 알 것이다. 이야기를 듣고 싶은데 접근하면 잡아먹힐 테니 거리를 둔다.

아, 상점가를 걷는 사장님에게 덩치 큰 까만 고양이가 접근했다.

카레 가게에서 키우는 고양이 폰타다. 이 녀석은 사장님을 좋아해서 툭하면 몸을 비비려고 한다. 오늘도 그랬다.

철썩.

갑자기 엄청난 소리가 들렸다.

놀란 사장님이 옆으로 폴짝 뛰었다. 하얀 털이 흠뻑 젖었다.

"달라붙지 마!"

카레 가게 점원이 호스 끝을 이쪽으로 향한 채 무서운 표정으로 외쳤다.

　사장님은 꼬리를 말고 날 듯이 도망쳐 보관가게로 들어와 몸을 부르르 털어 물을 날렸다. 우리는 기적적으로 무사했다. 귀 안쪽에 있었으니까.

　"어이, 모두."

　대답이 없다.

　동료가 물과 함께 사라졌다. 우리 외에는 전멸이다. 벼룩에게 물은 치명적이다.

　이게 어떻게 된 거야!

　순식간에 우리는 외톨이가 되어서 기억을 불리는 것도 번식도 불가능해졌다.

　카레 가게 그 녀석, 무슨 짓을 한 거야. 달라붙는 게 싫으면 그쪽 고양이한테 물을 뿌리라고.

　우리는 불현듯 두려워졌다. 죽음이 확대되어 보였다.

　우리의 기억을 이어갈 녀석이 없는 현실. 생명이 끊어진다.

　고양이를 싫어하는 인간은 있다.

　예를 들면 라면 가게가 싫어한다. 마네키네코를 장식하는 주제에 살아 있는 고양이는 싫어하는지 양동이로 물을 끼얹은 적도 있다. 그때는 사장님이 잘 피해서 뒷발만 젖었는데 이번에는 머리부터 푹 젖었다. 호스의 위력은 대단했다. 카레 가게는 폰타를 키우니 고양이 애호가가 분명하고, 평소에는 이러지 않는다. 채소를 좋아하는 사장님에게 당근 쪼가리를 나눠준 적도 있다. "가끔은 폰타랑 좀 놀아줘"라고 말을 걸기도 한다.

오늘은 대체 왜지?

생각해보면 상점가 사람들이 사장님을 보는 시선도 이상했다. 그건 찬미하는 눈빛이 아니라 혐오하는 눈빛이었나.

오늘 갑자기 사장님은 미움받는 존재가 되었다.

도대체 무슨 일이 생긴 거야?

보관가게에 사람 출입이 완전히 끊겼다.

원래 그렇게 번성한 곳은 아니었지만, 이 정도로 완벽하게 사람이 오지 않는 건 아마 개업 이래 처음일 것이다.

늘 그렇듯이 손님이 오지 않아도 가게 주인은 동요하지 않는다. 시간이 되면 포렴을 걸고, 시간이 되면 포렴을 내린다. 청소도 꼼꼼히 하고 표정도 차분하다.

우리에게는 고행일 뿐인 단조로운 하루하루가 이어졌다.

사장님은 물 공격에 질렸는지 가게 밖으로 나가려 하지 않았다. 지루한 가게와 안쪽의 사적인 공간을 오가며 지냈다. 사장님은 우리보다 지루함에 적응하는 능력은 있지만 가게 주인 정도로 낙관주의자는 아니어서 시간이 남아돌아 버거운 티가 났다. 마음이 우울해지면 피가 맛이 없어지니 우리는 이 사태를 어떻게든 해야 한다는 생각에 초조해졌다.

보관가게는 삼림에 있는 맑은 호수 같은 존재라고 돌아가신 어머니가 말했다.

삼림도 호수도 직접 본 적은 없는데, 우리 조상은 원래 그런 곳에 있었고 지금도 동료가 많이 살고 있다. 그러니 직접 본 듯이 호수 광경을 떠올릴 수 있다.

호수는 그저 거기에 있다. 거울처럼 경치를 비추며 아무 말 없이 거기에 있다. 강처럼 흐르지 않고 바다처럼 파도가 치지도 않는다. 하지만 그 위에 물새가 내려앉으면 변화가 생긴다. 거울에 파문이 인다. 참으로 아름다운 파문이다.

그 파문이 호수의 숨결이 된다.

손님이 하나도 없는 보관가게는 물새가 오지 않는 호수처럼 잘 닦인 거울에 불과해서 내 눈에는 숨을 쉬지 않는 것처럼 보였다.

손님이 뚝 끊긴 지 사흘째 밤이다. 포렴이 내려가고 상점가 등불이 줄어들기 시작하자 사장님은 창문으로 나가 보관가게 지붕에 올라갔다.

밤하늘에 반달이 반짝였다.

우리는 기운을 내려고 "달이 떴네, 달이 떴어. 좋구나, 좋아" 하고 노래를 불렀으나 사장님은 달을 거들떠보지도, 울지도 않고 몇 지붕 건너에 있는 카레 가게의 지붕을 응시했다.

거기에는 까만 고양이 폰타가 있었다. 폰타의 눈은 황금색으로 빛났는데, 꼭 달과 닮은 빛이었다. 쌍둥이 보름달을 매단 듯한 얼굴이 이쪽으로 뭔가 신호를 보냈다. 사장님은 어떤가 하면, 차갑고 파란 눈으로 그 신호에 응했다. 폰타도 사장님도 울지 않고, 그저 황금빛과 푸른빛의 시선만 보이지 않는 불꽃을 튀겼다. 우리는 눈으로 싸운다고 생각했는데 시간이 흐를수록 사랑스럽게 여기는 것 같기도 했다.

두 마리는 서로 닿는 일 없이 하룻밤을 보냈다.

다음 날도 그다음 날도 손님이 오지 않았는데, 7일째가 된 지난밤에 변화가 생겼다.

가게 주인이 가게를 닫자마자 아이자와 씨가 왔다. 아이자와 씨는 손님이 아니다. 쉰이 넘은 아줌마로 가게 주인에게 점자책을 주러 오는 자원봉사자다. 오늘도 두툼한 점자책을 가지고 왔다. 평소에는 영업시간에 오니 드문 일이었다.

가게 주인이 기쁘게 웃었다.

"지금 차를 끓일 테니 천천히 계시다 가세요."

역시 1주일이나 손님이 오지 않았으니 사람이 그리웠겠지.

가게 주인이 차를 끓이려고 안으로 들어간 동안 아이자와 씨는 평소와 다르게 험악한 눈초리로 이쪽을 봤다. 이쪽이란 당연히 사장님으로, 사장님은 방 한쪽 구석에서 태평하게 몸을 말고 있었다.

아이자와 씨는 눈에 병이 있어서 수술한 과거가 있다고 한다. 회복했다고 해도 몸길이가 2밀리미터밖에 안 되는 우리를 눈으로 보진 못할 것이다. 그래도 우리는 만약을 위해 사장님의 하얀 털 안쪽 깊숙이 파고들어 몸을 감췄다.

아이자와 씨는 다다미를 손바닥으로 만지고 그 손바닥을 코에 대고 냄새를 맡기도 했다. 사장님은 아이자와 씨에게 다가가려 하지 않았다. 원래 붙임성이 없는 사장님이지만 오늘 아이자와 씨는 가까이 다가가면 잡아먹을 듯한 살기에 가까운 분위기를 내뿜어서 위험한 냄새가 났다.

가게 주인이 쟁반에 차와 과자를 얹어 돌아왔다. 작은 접시에는 반으로 잘린 양갱이 담겼다. 아이자와 씨가 양갱에 이쑤시개를 꽂아 맛있게 먹었다. 접시에 담겼을 때는 커 보였던 양갱이 아이자와 씨의 작게 오므린 입안으로 호로록 사라졌다. 양갱은 공기 중을 이동하며 줄어드는 습성이 있나 보다.

아이자와 씨는 양갱을 다 먹고 맛있게 차를 마셨다.

"아이고, 맛있네. 기리시마 군이 주는 차는 명품이에요. 피곤이 싹 가셔요."

아이자와 씨는 대체 뭐 하느라 피곤할까? 생활 때문일까, 점자를 치는 일 때문일까. 사람은 피곤하다는 말을 자주 하는데, 우리는 실감을 못 하겠다.

가게 주인이 새로운 점자책을 만지며 "정말 고맙습니다. 전부터 읽고 싶었던 책이에요" 하고 웃었다.

"나는 골치가 아프더라고요."

아이자와 씨가 얼굴을 찌푸렸다.

"머리가 좋은 사람이면 재미있을 것 같아요. 나처럼 가방끈이 짧은 사람은 도무지 모르겠더라고요. 도중에 기분이 나빠졌어요. 특히 물방개가."

물방개? 뭐지? 뭐 시대소설인가?

"물방개 유충이 얼마나 잔인하던지! 아아, 싫어라. 식욕도 사라졌어요."

식욕이 없는 건 지금 막 양갱을 홀라당 흡입해서가 아닐까.

가게 주인은 흥미가 있는지 대화를 받았다.

"물방개 유충이요, 소화액을 먹잇감의 몸에 주입하죠. 참 허를 찌르는 공격이에요. 먹이에 위액을 뒤집어씌우다니, 인간은 상상도 못 해요."

"물방개도 그리고 싶어서 그러는 건 아니겠죠."

아이자와 씨가 진지한 표정으로 대답했다.

우리는 아이자와의 의견에 한 표를 던졌다.

"그건 그렇고 기리시마 군, 물방개 유충의 수법을 알고 있었어요?"

"자세히는 모릅니다. 고등학교 생물 시간에 배운 것 같기도 해요."

"나는 고등학교에 가지 않아서 이 나이가 되도록 물방개 유충의 수법을 몰랐어요. 고등학교를 졸업한 사람은 모두 물방개 유충을 경계하며 사는 걸까?"

"아니요, 그렇진 않습니다."

가게 주인이 참지 못하겠다는 듯이 쿡쿡 웃었다. 그러자 아이자와 씨가 "어머, 뭘 떠올리고 웃는 거예요? 무슨 좋은 일이라도 있었어요?" 하고 물었다. 까불거리는 면이 없는 진지한 아줌마다. 가게 주인이 웃음을 멈췄다.

"대부분은 물방개의 생태를 모를 겁니다. 고등학교에서 배웠다는 것도 제 기억이 틀렸을 수도 있고요. 고등학생 때는 도서실에 있는 책을 닥치는 대로 읽었으니 그때 얻은 지식일 겁니다. 이 《솔로몬의 반지》는요, 당시엔 점자책이 없었던 때라 한 번쯤 읽어보고 싶었어요."

"제목이 반지여서 로맨틱한 연애소설인 줄 알고 가벼운 마음으로 골랐어요. 감쪽같이 속은 기분이에요."

아이자와 씨가 분통 터진다는 듯이 말했다.

"작업을 시작하고 바로 알았어요. 나한테 버거운 책이라는 걸. 평소에는 점자를 치면서 나도 독서를 즐기는데 이건 즐기지 못하겠더라고요."

"고역이었나요?" 가게 주인이 안타깝다는 표정으로 물었다.

"네, 뭐, 조금요. 어쩌면 기리시마 군은 관심이 있을지도 모른다고 생각했고, 또 오기로 끝까지 해냈어요."

"고맙습니다."

진심에서 우러난 감사 인사에 아이자와 씨가 웃었다. 일에 자긍심을 품은 사람의 얼굴이다.

"동물들만 잔뜩 나와요. 애초에 나는 동물을 키운 적이 없고… 개나 고양이도 그렇게 좋아하지 않아서요."

아이자와 씨가 사장님을 험악한 눈초리로 노려보았다.

가게 주인이 어리둥절한 표정을 지었다. 아이자와 씨는 사장님에게 비교적 호의적이어서 가다랑어포를 주기도 했다. 그런데 좋아하지 않는다니?

어쩌면 아이자와 씨도 갑자기 사장님이 싫어진 걸까.

상점가에서 사장님이 미운털 박힌 존재가 된 현상을 아마도 가게 주인은 모를 것이다. 우리도 원인을 모른다. 돌연 따돌림을 당하고 물을 얻어맞았으니 이건 집단 괴롭힘이다. 인간계에 그런 게 있다는데 동물계에도 있다. 하나를 따돌리면서 주변이 연대감을 얻는다. 어머니가 그런 현상은 집단이 약해졌을 때 일어나기 쉽다고 했다. 즉 벼룩 세계에서 집단 괴롭힘이란 곧 커뮤니티 멸망의 전조를 의미한다.

가게가 고요해졌다. 벽시계의 추가 째깍째깍 공간을 채우며 울었다.

"요즘 손님이 안 오죠?"

아이자와 씨가 이때를 기다렸다는 표정으로 말을 꺼냈다.

가게 주인이 "네, 그렇습니다" 하고 차분하게 대답했다.

"원인이 뭔지 알아요?"

아이자와 씨의 질문에 가게 주인은 대답하려 하지 않았다. 모르는 걸까, 알고 있지만 말할지 말지 망설이는 걸까. 아무튼 우리는 원인을 모른다. 우리는 알고 싶다. 알면 대책을 세울 수 있다.

"원인은 사장님이에요."

아이자와 씨가 단호하게 말했다. 고양이에게 귀가 있다는 걸 모르나? 저거 봐, 사장님 귀가 움찔했잖아. 자기 때문에 가게가 궁지에 몰렸다니, 사장님은 상상도 못 한 일이라 정신적으로 크게 상처받았을 것이다. 인간은 마음이 자신들에게만 있다고 생각하는 측면이 있다.

"소문이 났어요. 보관가게 고양이한테 벼룩이 있다고, 보관품에 벼룩이 옮는다는 소문이요. 상점가에 소문이 자자해요."

어? 뭐라고?

생후 한 달인 우리, 이렇게 놀란 적이 없다.

진짜야? 아이자와 씨!

그렇다면 원인은 사장님이 아니야!

원인은 우리잖아!

아이자와 씨의 잡아먹을 듯한 시선은 사장님이 아니라 보이지 않는 우리에게 향했던 걸까?

"멀리서 온 손님이 벽보를 보고 돌아간 거, 알아요?"

"벽보요?"

"가게 외벽에 '벼룩 주의'라고 적은 벽보가 붙었어요."

가게 주인이 폴짝 뛸 듯이 일어났다. 마치 벼룩 같은 도약력이다.

"괜찮아요. 어제 내가 뗐으니까" 하고 아이자와 씨가 말했다.

가게 주인은 "죄송합니다"라고 말하며 침착하지 못한 얼굴로 천천히 앉았다.

"벽보는 전혀 몰랐습니다."

뭔가 더 말하려다가 입을 다물었다.

우리 때문이야!

우리의 퍼포먼스 때문에 윳코의 엄마가 비명을 질렀고, 그 비명을 들은 사람이 다른 사람한테 떠벌리고, 그 사람이 또 다른 사람한테 떠벌리고, 다른 사람에 다른 사람이 더해져서 소문이 퍼졌다.

그렇구나, 그래서 그때 사장님이 물을 맞았구나. 또 보관가게에도 손님이 오지 않는 거고.

벽보는 누가 한 짓일까. 괴롭힐 목적일까. '맹견 주의'라는 벽보가 붙은 집이 있다. 실제로는 몰티즈 같은 개지만 이럴 때 벽보는 도둑이나 방문판매 하러 오는 사람을 쫓는 효과가 있다. 그래서 집주인이 직접 붙인다. '벼룩 주의'는 손님을 내쫓는 효과가 절대적이겠지. 누구야? 보관가게를 증오하는 놈이.

이건 즉!

이대로 뜬소문에 당해 보관가게가 문을 닫게 되는 걸까.

우리는 사장님의 측근이다. 보관가게 고양이에게 벼룩이 있는 건 사실이고, 인간이 벼룩을 싫어하는 것도 잘 안다. 그러나 우리는 가게 주인의 피를 단 한 방울도 빨지 않았고 손님에게 나쁜 짓도 안 한다. 보관품에 달라붙지도 않는다. 기린에게는 달라붙었지만 그건 퍼포먼스였는데….

그렇지! 그래서구나… 하긴, 그러네.

그 퍼포먼스가 문제였다.

우리는 사장님 이외에 그 누구에게도 폐를 끼치지 않는다. 아마 가게 주인도 그걸 아니까 지금까지 우리를 묵인해주었을 것이다. 규칙을 깨뜨린 것은 다른 누구도 아닌 우리다. 우리가 잘못했다.

"요즘은 좋은 게 많아요."

아이자와 씨가 가방에서 뭔가 작은 것을 꺼내 가게 주인의 손에 건넸다.

"벼룩 죽이는 약이에요. 사장님 목 주변에 떨어뜨리면 돼요. 사장님은 아프지도 가렵지도 않아요. 그러니 걱정 안 해도 돼요. 약효가 24시간 안에 피부 전체에 침투해서 벼룩을 완전히 구제할 수 있대요. 내가 지금 해줄게요. 괜찮죠?"

아이자와 씨가 말을 마치기도 전에 사장님이 후다닥 도주해 보관가게 지붕으로 올라갔다. 그러니 우리는 가게 주인이 뭐라고 대답했는지 모른다.

사장님은 왜 도망쳤지? 살기는 우리에게 향한 것이지 사장님에게 향한 것이 아닌데.

오늘 밤에도 달이 떴다. 거의 보름달이라고 할 수 있는 동그란 노란색이다. 폰타의 눈이 생각났는데 오늘 밤엔 없다. 고요한 밤이다.

지붕 위에는 사장님과 우리뿐이다. 상점가의 등불이 조금씩 사라졌고 깊은 밤이 되자 가로등 불빛만 남았다. 이 나라에는 잠들지 않는 거리가 있다고 한다. 24시간 밝고 떠들썩하다는데 이곳에는 밤이 잘 찾아온다. 잠드는 거리다. 어둡고 차가운 기와지붕이 삼림의 호수를 떠올리게 한다.

파문 없는 잔잔한 호수가 오늘 밤은 왠지 기분 좋았다.

호수에 비치는 달은 하늘에 있는 달과 형태가 똑같을까. 호수에 비치면 초승달이 되지 않을까. 아이자와 씨의 입안으로 사라진 양갱이 작아진 것처럼. 거울은 원래 모습을 그대로 비출까. 보관가게는 어떨까?

보관가게에 온 손님은 돌아갈 때면 어딘가 달라진다. 손과 발의 개수나 머리카락 색은 똑같은데 뭔가가 다르다.

만약 우리가 삼림에서 태어났다면.

극약劇藥은 쫓아오지 않고 사슴이나 멧돼지의 피를 마시며 천수를 누렸을 테지.

으음. 그래도 전부 우리가 뿌린 씨앗이다.

복잡한 하계의 일은 아랑곳하지 않고 달이 조용히 빛났다. 사장님은 가만히 움직이지 않았다. 어쩌면 사장님은 우리에게 도망칠 기회를 주는 걸지도 모른다.

지금이라면 다른 곳에 갈 수 있다.

기분 좋은 바람이 불었다. 사장님이 눈을 감았다. 수염이 흔들렸다.

바람이 이리 온, 이리 온, 하고 우리를 유혹했다.

바람을 타고 하늘을 날고 싶다. 거미처럼 날아보고 싶다.

거미는 실을 바람에 띄워 몸을 운반한다. 우리는 용기를 바람에 띄운다. 금방 화를 내지만 사실은 용기가 부족한 우리는 바람에 띄워도 곧 연료가 다 떨어져 고작해야 지붕에 굴러 떨어질 것이다.

그래도 좋다. 잠깐이라도 꿈을 꿀 수 있다. 사장님의 털에서 뛰어내려 바람에 몸을 맡겨볼까.

우리는 가고 싶은 곳을 상상했다. 기억을 빌려줄 동료는 없어도 열심히 머리를 굴리자 여기저기 거리를 위에서 내려다보는 기분이 들었다. 어느 곳에든 저마다의 삶이 있다. 사람도 고양이도 벌레도 물고기도 풀도 나무도 열심히 살아간다.

우리는 그것들을 내려다보며 멀리 간다. 멀리.

상상이 점점 부풀었다.

숲도 있다. 계곡도 있다. 옆에서 왜가리가 날아간다.

그렇구나, 하늘을 나는 건 이런 거구나. 나는 것에는 깊은 의미가 없고 그저 가는 도중일 뿐이다. 어딘가에 도착하기 위해 날아가고, 도착한 그곳에 의미가 있다.

우리는 어디로 갈까?

계속 나는 데 지친 우리는 고도를 낮췄다. 그러자 신기하게도 쪽빛 포렴에 도착했다. 그 안쪽은 보관가게. 손님은 생글생글 웃고 가게 주인은 차분하고 사장님은 낮잠을 자는 중이다.

태어나서 처음으로 피곤함을 배운 우리는 도착한 곳에서 "아이고" 하고 한숨을 쉬며 사장님의 하얀 털에 파고들었다. 그리고 드링킹. 사장님의 피는 맛있다.

거기에서 상상이 끝났다.

바람에 날려 도착한 곳에는 손님이 오는 보관가게가 있었다. 아무래도 우리는 그걸 바라나 보다.

지금 있는 곳이 우리의 미래다.

다음 날 아침, 가게 주인은 평소처럼 7시에 포렴을 걸었다.

하룻밤 내내 옥상에 있던 사장님은 뒷문을 통해 가게로 들어와 가게 주인의 좌식 책상 위에서 동그랗게 몸을 말았다. 좌식 책상 아래에는 벼룩 죽이는 약이 있다. 아이자와 씨가 두고 간 모양이다.

가게 주인은 마루로 돌아와 사장님을 알아차리고 "잘 잤니?" 하고 말했다. 그러더니 좌식 책상 앞에 앉아 사장님의 등을 다정하게 쓰다듬었다. 둥글고 하얗고 따뜻한 등을 가게 주인의 차가운 손바닥이 오갔다. 그 몸짓은 마치 점자책을 읽는 것 같았다. 가게 주인은 이렇게 해서 사장님의 마음을 읽고 있는지도 모른다.

가게 주인이 "안 아플 거야"라고 속삭이더니 오른손에 벼룩 죽이는 약을 들었다. 사장님에게 한 말이겠지만 우리가 "응" 하고 대답했다.

사장님은 각오했는지 눈을 감고 있었다. 손해 볼 것 하나 없고 피 한 방울 잃지 않는 나날이 기다릴 테니 장래가 아주 밝은데, 역시 조상 대대로 알고 지내던 사이라 그런지 우리의 죽음이 조금은 감회가 새로운가 보다.

가게 주인이 오른손에 쥔 벼룩 죽이는 약을 사장님의 목덜미로 가져갔다. 우리는 사장님의 꼬리 끝으로 이동했다. 약은 24시간 동안 피부 전체에 침투한다. 최소한 앞으로 23시

간은 살아주겠다. 가게 주인에게로 넘어가거나 다다미로 도
망치는 짓은 하지 않는다. 우리는 보관가게 사장님의 측근으
로 태어나 측근으로 죽을 것이다. 그것이 바람을 타며 정한
결론이다. 우리에게는 드넓은 세상 중 여기를 택했다는 자부
심이 있다.

"실례합니다."

포렴이 흔들리고 여자가 들어왔다.

"어서 오세요."

가게 주인은 벼룩 죽이는 약의 뚜껑을 닫고 일어나 손님
을 맞이했다. 아직 약은 한 방울도 떨어지지 않았다.

손님은 마루에 앉아 "안녕하세요" 하고 말했다. 친근한
목소리로 허물없이 굴었다. 손님이 아니라 가게 주인의 친구
일까?

"오늘은 뭘 보관하실 건가요?" 하고 가게 주인이 물었다.
역시 손님이다.

"이건데요."

손님이 눈부시게 파란 천 가방에서 네모나고 평평하고 그
럭저럭 큰 물건을 꺼냈다. 가게 주인은 그것을 받아 확인하는
것처럼 긴 손가락으로 더듬었다. 손님은 웃으며 그 모습을 지
켜보았다.

보관가게에 처음 오는 손님은 아닌 모양이다. 새까만 긴 머리를 뒤에서 하나로 묶었다. 나이는 몇 살일까. 아이자와 씨보다 한참 젊은 건 확실한데 윳코보다는 한참 연상이니 윳코 엄마와 비슷한 나이일까. 중년까지는 아니고 이른바 청년 영역에 들어갈 듯한데, 가게 주인보다 조금 연하려나? 그런데 생기발랄함이 없다. 뭐랄까 조금… 퇴색한 듯 보였다.

뚱뚱하지도 마르지도 않았고 옷은 어두운 색깔인데 말쑥하고 불결하지 않다. 얼굴은 단정하다. '단정하다' 이외에는 뭐라고 평할 수 없다. 특징이 없다.

"제 이름은…."

손님은 거기까지 말하고 입을 다물더니 가게 주인을 시험하듯 고개를 갸웃거렸다.

"사쿠라하라 사토미 씨죠?"

"네!"

손님이 환하게 웃었다. 이름을 불렀을 뿐인데 "100만 엔을 드리겠습니다!"라는 소리를 들은 것처럼 행복한 미소였다. 자기 이름을 아주아주 좋아하나? 가게 주인이 이름을 기억해줘서 기쁜 걸지도 모른다. 가게 주인은 한번 온 손님은 전부 기억한다. 할아버지든 할머니든 한 번에 기억한다. 목소리로 안다.

"오래된 레코드예요" 하고 사쿠라하라 사토미가 기분 좋게 말했다.

"무소륵스키의 「전람회의 그림」이에요. 연주는 빈 필*. 아세요? 무소륵스키."

가게 주인이 손에 든 레코드를 가만히 다다미 위에 놓았다.

"네, 이 곡은 들어본 적 있습니다."

"와! 어디에서요? 오케스트라로요?"

"피아노 연주로 들었어요."

"대단하네요."

"콘서트가 아니라 연습하는 걸 들었을 뿐입니다."

"좋아하세요?"

"네?"

"무소륵스키."

"음악은 그렇게까지 잘 몰라서요"라고 가게 주인이 말했다. 이어서 "좋은 곡이죠"라고 덧붙였다. 틈을 두지 않고, "며칠 동안 보관하시겠습니까?" 하고 물었다.

가게 주인은 일을 진행하려 했다.

"「벼룩의 노래」라고 아세요?"

---

* 빈 필하모닉Wiener Philharmoniker. 1842년 창설된 오스트리아의 세계적인 관현악단. 전통을 지키는 보수적인 연주가 특징이다.

그러나 사쿠라하라 사토미는 질문에는 대답하지 않고 마음대로 이야기를 끌어갔다.

"원래 괴테의 시래요. 무소륵스키가 곡을 붙여서 가곡의 한 소절이 됐대요. 시가 재미있는데요."

우리는 두근거렸다. 어떤 시지?

"어느 왕국의 왕이 벼룩을 아주 소중히 여겼는데요, 마치 왕자처럼 귀여워해서 외투를 맞춰주기도 하고 사치를 부리게 했대요. 그러자 벼룩이 아주 의기양양해져서 대신이라도 된 양 뽐냈는데… 그 모습을 보고 사람들은 어리석다고 비웃었어요."

우리는 듣다가 불쾌해졌다. 왕은 곧 사장님이고, 우리를 아주 귀여워해서 사치스럽게 피를 먹여주니 우리가 아주 의기양양해져서 대신, 즉 측근이 된 양 뽐내는 걸 상점가 사람들이 비웃는다는 식으로 들렸다.

괴롭힘쟁이 사토미라고 별명을 붙여주었다.

이 '괴롭사토'는 괴테의 《파우스트》가 어떻다느니 하며 이야기를 시작했다. 말이 끊이지 않고 이어지다가 잠깐 틈이 생겼다. 말을 너무 많이 해서 목이 건조해졌는지 콜록거렸다.

"며칠간 보관하시겠습니까?"

가게 주인이 다시 물었다. 괴롭사토는 "1주일이요"라고 대답했다. 드디어 일이 한 단계 나아갔다. 가게 주인은 곧바로 "그럼 보관료는 700엔입니다"라고 말했다. 우리는 일을 멋지게 진행한다고 감탄했는데, 괴롭사토는 지갑을 꺼내려 하지 않았다.

「고양이 왈츠」라는 노래는 아시죠?"

또 이야기 주제를 바꿨다.

좌식 책상에서 꾸벅꾸벅 졸던 사장님이 고양이라는 말에 반응해 고개를 들었다.

"그 곡은요, 독일에서는 「벼룩의 왈츠」고 네덜란드에서는 「벼룩의 행진」이라고 한대요."

오오, 그렇구나. 우리는 기분이 좋아졌다.

오늘은 벼룩 이야기 총출동이다. 가극도 되고 왈츠도 되고 행진도 되고. 국제 기준으로는 우리도 제법 신분이 높을지 모른다. 참으로 기쁜 정보 고맙구려, 사쿠라하라 사토미 씨. 별명은 취소할게. 당신은 훌륭해.

"그건 몰랐습니다."

가게 주인은 일을 진행하려던 걸 포기했는지 "네", "아하", "그렇군요", "으흠" 하고 반응하며 연신 맞장구를 쳤다.

우리는 사토미 씨가 가게에 온 덕분에 목숨을 부지했고, 또 우리 벼룩이 예술가의 마음을 흔든 과거의 영광을 알게 되어 자랑스러웠다. 지금은 미움을 받아 버젓이 고개를 들지 못하는 신세지만, 때가 잘 맞으면 명곡의 모티프가 될 만한 존재라니 썩 의기양양한 기분이었다.

자자, 사쿠라하라 사토미는 결과적으로 700엔을 내고 돌아갔다.

언제 갔느냐면, 벽시계가 봉봉봉봉 열한 번 울려서 가게 주인이 조심스럽게 "오전 영업이 끝났습니다"라고 말하자, 사토미 씨는 정신을 차린 듯한 표정을 짓더니 지갑에서 정확하게 700엔을 꺼내 가게 주인의 손바닥 위에 얹고 "바이바이"라고 말했다.

세상에, 사토미 씨는 네 시간이나 머물렀다.

벼룩 주의인 가게라 다른 손님이 없어서 전세를 낸 상태였다.

구슬이 아닌 제대로 된 동전을 내서 우리는 사토미 씨를 손님으로 인정했다. 그나저나 여러모로 이상하다. 여기 오는 손님은 물건을 맡기면서 "바이바이"라고 말하지 않는다. "그럼 또 오겠습니다"나 "잘 부탁합니다"라고 말한다.

바이바이?

뭐, 상관없나.

자, 점심시간이다. 사장님은 지금 유리 진열장 위에 있다. 보관가게는 예전에 화과자를 파는 가게였는데, 유리 진열장이 그 흔적이다.

유리 진열장 안에는 오르골 한 대와 아동서 한 권이 있다. 가게 주인은 포럼을 내리고 오르골을 유리 진열장에서 꺼냈다. 태엽을 감아 뚜껑을 열어 다다미 위에 놓았다.

그러자 일곱 가지 색깔의 물방울이 터지는 듯한 소리가 가게를 채웠다. 사장님은 유리 진열장에서 뛰어내려 다다미에 등을 비비며 몸을 구불거렸다. 「트로이메라이」라는 곡인데 사장님이 아주 좋아한다. 뭐, 나쁜 곡은 아니다.

그래도 우리는 좀 더 밝은 노래가 좋다. 「벼룩의 행진」이나 「벼룩의 왈츠」는 어떤 곡일까? 일본에서는 「고양이 왈츠」라고? 우리는 들어본 적 없지만 벼룩을 모티프로 삼았다면 아마도 팡팡 터지는 곡일 것이다. 「트로이메라이」보다 훨씬 좋은 곡이지 않을까.

곡이 끝나자 사장님은 만족했는지 좌식 책상 위에 앉았다. 가게 주인이 벼룩 죽이는 약을 사장님의 목덜미에 떨어뜨렸다. 담백하게, 순조롭게, 일이 끝났다.

우리는 꼬리 끝에서 죽음이 찾아오기를 기다렸다.

다음 날이다. 우리는 아직 살아 있다.

오전 영업이 끝나간다. 오늘도 손님이 오지 않았다. 우리는 '슬슬 작별의 시간이군' 하고 각오를 다졌다. 호수에 아름다운 파문이 퍼지는 것처럼 보관가게가 손님으로 북적일 내일을 상상하자, 한결 기분이 밝아졌다. 보관가게는 우리의 미래다. 그러니 폐점하는 광경은 보기 싫다.

자, 봉봉봉봉이 열한 번 울리고 가게 주인이 긴 손을 내밀어 포렴을 내리려는데 한 남자가 엄청난 속도로 달려 들어왔다. 우리는 조용히 떠나려 했는데 대체 무슨 일이람?

"어서 오세요."

가게 주인이 반기자마자 남자가 외쳤다.

"기린은요? 기린은 무사합니까? 기린입니다! 이 정도 되는!"

가게 주인은 흥분한 손님을 마루에 올라오도록 하고 다급하게 안으로 들어가 기린을 가지고 왔다.

처음에 우리는 알아보지 못했다. 그게 윳코가 맡긴 엘리자베스라는 걸. 맡겼을 때보다 색이 곱고, 새로 산 것처럼 폭신폭신하고, 은은하게 비누 향이 났다. 고개는 여전히 기울었는데 그것이 엘리자베스라는 증거였다.

원래 가게 주인은 맡긴 본인에게만 보관품을 건넨다. 비밀 엄수 의무를 지켜 누가 무엇을 맡겼는지 발설하지 않는다. 그러나 이 기린은 보관 기간이 사흘이라 이미 기한이 지났고 구슬 세 개를 대가로 보관했다. 그러니 계약상 이제 가게 주인의 것이다. 그래서 이렇게 보여줬으리라.

남자는 기린을 손에 쥐고 "아, 다행이다" 하고 중얼거렸다. 목 안쪽에서 짜내는 듯한 목소리여서 지켜보는 우리도 "뭔지 모르겠지만 다행이구먼요, 다행"이라고 말하고 싶어졌다.

마루 위에 앉은 남자는 긴장이 풀린 얼굴이 되어 가게 주인이 권하는 대로 다리를 편하게 뻗었다. 키가 크고 피부가 볕에 탄 남자였다. 상점가에서 본 적 없는 사람이다.

남자는 자기가 윳코의 아빠라고 했다. 얼굴을 보면 거짓말이 아닌 걸 알 수 있다. 똑같이 생겼으니까. 아내와 3년 전에 이혼해서 따로 산다고 했다. 이 인형은 1년 전 윳코의 생일에 선물한 것이다.

"딸과는 한 달에 한 번 만납니다. 그런 계약이에요"라고 남자가 말했다.

가족인데 계약이 있다니. 인간은 참 번거로운 생물이다.

"어제가 딸과 만나는 날이었는데 딸이 이걸 가지고 오지 않았어요. 저와 만나는 날에는 반드시 안고 왔거든요. 이젠

질린 줄 알고 신경 쓰지 않았는데 딸이 슬퍼 보였어요. 이걸 보관가게에 맡겼는데 가지러 갈 수 없다고, 엄마가 안 된다고 했다며 울었습니다. 그래서 저는 아빠가 대신 가지고 오겠다고 약속했어요. 새끼손가락을 꼭꼭 걸자 그제야 딸이 웃었습니다. 이후 전처를 불러 보관가게에 관해 물어봤어요. 전처와 둘이 대화한 건 오랜만이었죠."

남자는 아직 미련이 있는지 미소를 지었다. 아내라고 하지 않고 '전처'라고 성실하게 말하는 데서 서글픔을 느꼈다. 우리는 그 히스테릭한 아줌마는 별로지만.

"3년 만에 카페에서 커피를 마시며 딸에 관한 이야기와 지금까지 살아온 이야기를 차분하게 나눴어요. 3년 전에는 서로 따지고 드느라 바빴는데 이번엔 상대를 배려하며 대화할 수 있었죠. 전처에게 이 가게에 대해 많이 들었습니다. 제일 중요한 인형은 처분해달라고 해서 아마 없을 거라더군요. 저는 뭐라고 할 수 없었습니다. 전처에게 말대꾸할 용기가 없었어요. 이제 전처와는 말다툼하고 싶지 않아요."

우리는 "이해해, 이해해" 하고 맞장구를 쳤다.

"집에 와서 똑같은 인형이 없는지 인터넷을 뒤졌는데 찾을 수가 없었어요. 죽이 되든 밥이 되든 와봤습니다. 아아, 다행이다. 남겨두셔서 고맙습니다."

"저희 불찰로 벌레가 붙어서 세탁했습니다. 따님이 기린을 소중하게 아꼈던 모양이에요. 엘리자베스라고 불렀습니다."

윳코의 아빠가 부끄러운 듯이 웃었다.

"사실 제가 호화 여객선 퀸 엘리자베스의 선장입니다."

"그러시군요."

가게 주인은 순진하게 맞장구쳤으나 우리는 "거짓말" 하고 중얼거렸다.

"아니요, 물론 거짓말입니다."

윳코의 아빠가 머리를 긁었다.

"딸에게는 그런 걸로 해두었습니다. 호화 여객선의 선장인 걸로요. 이혼한 뒤에 전처가 딸에게 그렇게 알려줬어요. 아빠와 같이 살지 못하는 이유로 삼았겠죠. 전처는 허세를 부리는 면이 좀 있어서 딸이 아빠를 대단한 사람으로 생각하게 하고 싶었나 봅니다. 제가 배를 타는 사람인 건 맞습니다만, 어선에 탑니다. 선장도 아니에요. 이 인형은 다른 나라 항구에 정박했을 때 심심풀이로 한 인형 뽑기에서 뽑았습니다. 그걸 퀸 엘리자베스의 기념품 가게에서 샀다고 거짓말했죠. 거짓말은 하고 싶어서 한 게 아니라 딸애 엄마가 한 거짓말을 존중해서 했습니다. 그러니 딸은 이 기린을 엘리자베스라고 부르죠."

"좋은 이야기네요."

"뭐가요? 우스꽝스럽지 않습니까? 저는 제 직업에 자긍심이 있어요. 언젠가 윳코에게 아빠는 맛있는 생선을 잡는 배를 타고 세계를 여행한다고 말할 겁니다."

"그거 좋네요."

가게 주인이 웃으며 고개를 끄덕였다.

짠, 시작됐다. 가게 주인의 상대에 대한 무조건 긍정. 상대가 거짓말을 해도 좋은 이야기라고 하고, 솔직히 말해도 좋다고 한다. 가게 주인의 평화 사상에는 절조가 없다.

윳코의 아빠가 갑자기 목소리를 낮추더니 조심스러워하며 물었다.

"전처가 말하기를, 3년 전쯤에 이 가게에 아주 큰 폐를 끼쳤다고 하던데요."

가게 주인의 얼굴에서 미소가 사라졌다.

"그게 정말인가요?"

윳코의 아빠가 떠보는 것 같은 표정으로 물었다.

잠시 침묵하던 가게 주인은 "비밀 엄수 의무가 있어서 손님이 무엇을 맡겼는지는 말할 수 없습니다"라고 대답했다.

"인형은 말해주시지 않았습니까."

"사실 인형은 소꿉놀이처럼 맡은 겁니다. 선불로 받은 돈도 구슬이었죠. 놀이였으니 말씀드렸지만, 부인의 일은 직무상 얻은 정보이므로 말할 수 없습니다."

가게 주인이 단호하게 말해서 우리는 깜짝 놀랐다.

가게 주인이 기개를 보여주었다!

있었구나! 기개가!

윳코의 아빠가 "걱정이어서요"라며 한숨을 쉬었다.

"3년 전 이혼했을 때, 윳코는 겨우 한 살이었습니다. 그렇게 어린아이를."

잠깐 입을 다물었으나, 역시 말하자고 결심했는지 고개를 번쩍 들었다.

"여기에 그 아이를 보관했다고 하지 뭡니까."

가게 주인은 입을 다물고 대답하지 않았다.

"그 사람이 말했어요. 3년 전에 윳코를 보관했을 때는 안심할 수 있는 가게라고 생각했다고요. 그렇게 말했다니까요. 보관이라니 무슨 소리냐고 묻자 짜증스러운 표정을 짓고는 다른 이야기로 넘어갔습니다. 그래서 혹시 보관가게라는 이름의 탁아소일지도 모른다고, 틀림없이 탁아소 이름일 거라고, 여기 올 때까지는 그렇게 생각했습니다. 하지만 여긴 탁아소가 아니죠."

윳코의 아빠는 잠시 입을 다물었다. 눈 밑이 까맣게 푹 꺼졌다. 헤어져서 사는 딸이 너무 걱정이라 이런저런 나쁜 상상을 하다가 마음고생을 잔뜩 했겠지.

"이건 추측이지만, 혹시 그 사람, 여기에 윳코를 버리고 간 거 아닐까요? 한번 버렸다가 나중에 마음을 바꿔 데리러 온 건 아닐까요? 저는 그걸 그 사람에게 물어보고 싶었는데, 솔직하게 캐물었다가는 전처를 탓하는 꼴이 될 테니 3년 전과 똑같은 짓을 하게 됩니다. 전처는 자기 잘못을 인정하지 않는 사람이에요. 도무지 말을 붙일 수가 없어요."

윳코의 아빠가 감정을 토해내듯 말했다. 관계를 회복할 마음은 없나 보다.

가게 주인은 "누구에게나 그런 면은 있습니다"라고 말했다.

"열심히 살다 보면 아주 조금 틈새가 생겨요. 다른 사람이 그 점을 지적하면 누구든 싫지 않을까요? 잘못을 인정하지 못하는 사람은 평소 부단히 노력했기에 그러는 것 아닐까요?"

아니, 가게 주인은 그 히스테릭한 아줌마를 옹호하려 했다. 그러면 우리는 가게 주인, 당신을 옹호할게.

"보관가게도 매일 누구도 흉내 내지 못할 만큼 성의를 담아 일하는데, 고작 벼룩 한 마리 가지고 위생 관리 같은 소리를 하는 건 옳지 않아. 그런데 가게 주인은 잘못을 인정하고 사과했어. 가게 주인은 훌륭해!"

아아, 그렇지만 우리 목소리는 아무에게도 들리지 않는다.

윳코의 아빠가 계속 말했다.

"그럴지도 모릅니다. 그렇지만 저는 충격을 받았어요. 3년 전이라지만, 고작 하루라지만 자식을 떼어놓다니. 그 사람은 친권을 얻으려고 진흙탕 같은 싸움까지 한 끝에 제게서 소중한 딸을 빼앗아 갔어요. 그런데 버겁다고 버리다니."

가게 주인이 즉각 말했다.

"여긴 버리는 가게가 아닙니다. 보관가게죠."

가게 주인의 목소리는 차분했지만 상대에게 닿는 힘이 있었다.

"반드시 선불로 돈을 받습니다. 하루에 100엔으로 무엇이든 보관합니다. 기한을 정해 마음을 담아 보관합니다. 무엇을 보관했든 맡기는 분은 그것을 소중하게 여겨 이곳을 선택하셨다고 생각합니다."

"하지만…."

"윳코 양은 여기에 엘리자베스를 맡겼습니다. 그러니 당신이 오늘 여기에 오셨죠. 윳코가 엘리자베스를 사랑하지 않앉다면 그러지 않았을 겁니다."

윳코의 아빠가 헉하고 숨을 삼켰다.

"3년 전 일을 윳코 양은 기억하지 못합니다. 기억하지 못한다면 없었던 것과 마찬가지입니다."

가게 주인은 다짐받듯이 말하고, 곧 부드럽게 웃었다.

"지금 와서 생각해보면 부인은 따님이 이렇게나 자랐다고 제게 보여주려 오신 것 같아요. 눈은 보이지 않지만 마음으로 보였습니다. 사이가 참 좋은 모녀였어요. 그건 손님도 아시겠죠. 저는 오랜만에 만날 수 있어서 기뻤습니다. 모처럼 찾아주셨는데 저의 불찰로 무서운 일을 겪으셨어요. 부인은 화가 많이 나셨고 우리 가게에 실망하셨습니다. 그만큼 따님이 소중하기 때문이죠. 이제 엘리자베스는 벌레가 없으니 안심하시라고 부인께 전해주실 수 있을까요?"

윳코의 아빠는 한동안 말이 없었으나 받아들였는지 마지막에는 후련한 표정으로 "네, 전하겠습니다. 전처에게"라고 말했다.

"그렇군요. 전前 부인께." 가게 주인이 웃었다.

윳코의 아빠는 엘리자베스를 소중하게 들고 일어났다. 그때, 당, 다당다당, 하고 경쾌한 곡이 들렸다. 상점가에서 경품 추첨을 시작한다고 알리는 음악이었다. 우리가 좋아하는 익숙한 곡이다. 언제 들어도 기분이 좋아진다.

윳코의 아빠가 그리운 듯이 말했다.

"저는 피아노로 저 곡만 칠 수 있어요.「고양이 왈츠」요."

뭣이라?

이거「벼룩의 행진」이야? 다른 이름,「벼룩의 왈츠」!

당, 다당다당, 당, 다당다당.

뭐야, 우리는 알고 있었네. 태어난 이래로 지금까지 쭉 들어왔다. 우리를 칭송하는 곡을. 내내 듣고 있었다. 과연. 동료에게 알려주고 싶네.

가게 주인은 가게 밖까지 윳코의 아빠를 배웅했다.

의식이 드문드문 끊겼다. 슬슬 때가 됐군. 괴롭진 않다. 그저 힘이 빠진다.

죽기 전에 한 가지를 깨달았다.

우리에게는 가게 주인이 너무도 느긋해 보이는데, 그건 깊이 고심한 끝에 생긴 느긋함이고 앞날을 진지하게 바라보기에 나오는 행동이었다.

토끼와 거북이 이야기가 있다. 달리기가 빠른 토끼는 방심해서 낮잠을 자고, 느릿느릿한 거북이가 토끼를 추월해서 골인하는 역전극이다. 우리는 토끼. 발끈하고 폴짝거리다가 실수했다.

가고 싶은 곳에 제대로 도착하는 쪽은 가게 주인 같은 인간일지도 모르지.

다당다당을 들으며 우리가 마지막으로 본 것은, 포렴 사이로 보이는 가게 주인의 잘생긴 옆얼굴이었다.

바이바이, 기리시마.

탱
탱
볼

언니, 마당의 벚나무는 아직 꽃을 피우지 않았어요. 봉오리는 보이는데 여태 단단하네요.

오늘 아침에 나는 집에서 나오면서 노란 카디건을 걸쳤어요.

잘 받는 색이어서 코트는 입지 않았죠. 집을 나와 바로 오른쪽으로 꺾어 50미터 정도 걸어가면 다나카 씨 댁 동백나무 울타리가 나오는데, 거길 지날 무렵에 갑자기 강풍이 나를 덮쳤어요. 추워서 덜덜 떨렸죠. 다리가 후들거릴 정도였어요. 금방 후회했어요. 코트를 입고 나올 걸 그랬다고요.

언니, 지금 웃고 있나요?

정말 나 같은 짓이죠? 너는 후회가 특기라고 하면서 언니가 웃은 적이 있었죠. 그런 다음 진지한 표정으로 "웃어서 미안해"라고 사과했지만, 날 보고 웃어줘서 기뻤어요. 더 웃어주길 바랐어요. 웃는 건 좋은 거죠. 특히 언니의 웃는 얼굴을 좋아해요.

후회가 특기인 나지만 언니도 알다시피 행동을 수정하는데 서툴러서 집에 돌아가지 않고 그대로 길을 건너 100미터쯤 더 걸었어요. 그러다가 사토 씨 댁 마당에서 민들레를 봤어요. 사토 씨 댁은 그 하얗고 자그마한 개가 있는 집이에요. 사토 씨는 아담이라고 부르지만 언니랑 나는 전혀 안 어울린다고 생각해서 다른 이름을 떠올린 그 개요. 언니는 눈 장군, 나는 포치라고 부르던 그 개요. 오늘은 없네요. 산책하러 갔을까요. 포치의 마당에 민들레가 딱 한 송이 쑥 피었어요. 친구들보다 한발 빨리 세상에 나와 놀란 표정이었죠. 가위바위보에서 나는 보자기를 냈는데 다들 짜고서 가위를 낸, 그래서 홀라당 속아 넘어간 기분과 비슷할지도 모르겠어요. 외톨이 민들레는 내가 입은 카디건과 같은 색이었어요.

나는 노란 카디건을 입은 의미를 발견했어요. 친구가 없는 민들레에게 '너만 있는 게 아니야. 나도 노란색이고 나도 시기를 착각했단다'라고 알려주고 안심시키기 위해서였어요. 의미를 찾았다면 괜찮아요. 추위쯤은 얼마든지 참을 수 있는걸요.

그건 그렇고 언니, 봄은 생각보다 춥네요. 나는 금방 깜빡깜빡해서 매년 봄이면 꼭 놀라요. 겨울을 지내면서는 봄이 그립기만 해서 참 따스하고 좋은 계절이라고 생각하게 돼요.

오늘은 아시타마치 곤페이토라는 상점가 입구에 있는 니코니코당에 가는 날이에요.

무엇이든 100엔에 파는 가게예요. 어제는 역 너머의 100엔 가게에 갔고, 그제는 이웃 마을의 100엔 가게에 갔으니 니코니코당에 가는 건 사흘 만이에요. 가능하면 매일 니코니코당에서 사고 싶은데 그럴 수는 없어요.

나는 기묘한 손님이라고 여겨지기 싫답니다. 매일같이 찾아오는 손님인데 매번 세 개만 사 가면 안 좋은 의미로 눈에 띄니까요.

나는 제대로 된 인간이에요. 언니도 그렇게 생각하죠? 지금껏 살면서 한 번도 도둑질한 적이 없어요. 사람을 후려치거나 걷어찬 적도 없고, 남의 불행을 바란 적도 없어요. 그런데 때로로 사람들을 화나게 해요.

어제는 계산하며 지갑에서 100엔을 꺼내다가 바닥에 떨어뜨렸고, 주우려다가 진열장에 머리를 부딪쳐서 진열된 상품 두세 개가 바닥에 떨어졌어요. 200개짜리 면봉이 든 투명한 원통형 케이스였어요. 그게 총 세 개가 떨어졌어요. 다행히 내용물이 쏟아지진 않았어요. 그걸 주우려다가 이번에는 돈을 흘리고 말았어요. 지갑이 열려 있었거든요.

뒤에 선 할아버지가 혀를 찼어요. 건전지 하나만 손에 들고 있었으니 그걸 사면 끝인데 나 때문에 시간을 잔뜩 잡아먹었죠. 100엔 가게는 대부분 계산대가 하나여서 손님 하나가 맹한 짓을 하면 금방 줄이 길어져요. 나는 "죄송합니다, 먼저 하세요"라고 말하고 부끄러워서 얼굴이 새빨개지는 것을 느끼며 고개를 숙였어요.

나는 동작이 굼뜨고 멍청해서 이렇게 주변에 폐를 끼쳐요. 마음가짐은 멀쩡한데 인간으로서는 훌륭하지 않아요. 내옆에 있고 싶다고 생각하는 사람은 없겠죠.

그러니 나는 최대한 실수를 줄이고 눈에 띄지 않아야 한다고 늘 다짐해요. 사람들을 화나게 하지 않으려면 사회에 잘녹아드는 것이 중요해요. 매일 100엔 가게에서 상품을 세 개씩 사는 것을 누구에게도 들키면 안 돼요.

자, 니코니코당에 도착했어요.

100엔 가게 중에서도 여기가 제일 좋은 이유는 언제 와도 사람이 적기 때문이에요. 느긋하게 둘러볼 수 있고, 다른 사람에게 폐를 끼칠 가능성도 적고, 실제로 여기에서는 한 번도 실수한 적이 없어요.

오늘 행운의 색은 노란색이라고 확신해 노란색만 고르기로 했어요.

쇼핑 바구니를 손에 들고 후보군을 모집했어요.

우선 가게를 한 바퀴 돌아요. 그냥 보기만 하죠. 손에 들고 음미하는 건 두 바퀴를 돌 때, 바구니에 넣는 건 세 바퀴를 돌 때예요. 세 바퀴를 돌면 후보군으로 바구니가 가득해져요. 이때 엄청난 행복감을 느껴요. 새끼들을 이끌고 가는 오리 같은 기분이에요. 엄마 오리는 가슴을 당당하게 펴잖아요? 자신만만해 보이지 않아요? 그야 새끼를 그만큼 낳았으니 가슴을 펴고 싶기도 하겠죠. 그래도 새끼를 전부 키우는 건 쉽지 않아요. 아둔한 새끼, 부족한 새끼는 어쩔 수 없이 버릴지도 몰라요.

사실 나도 이제부터는 쉽지 않아요. 바구니 가득한 후보군을 세 개로 줄여야 해요. 하루에 살 수 있는 건 세 개까지인 법률이 있어요. 내가 만든 법률이니 내게만 적용되죠.

나는 나라의 법률을 지키고 살인도 도둑질도 안 해요. 신호가 파랗게 바뀌기를 기다려서 길을 건너고, 실수로 속도위반하지 않으려고 차도 소유하지 않았어요. 깜박하고 차를 사지 않으려고 면허도 따지 않을 정도로 철저하답니다.

나라의 법률을 지키기만 하면 부족할 것 같아서 나만의 법률을 직접 만들고 따라요. 100엔 가게에서 하루에 딱 세 개만 사는 법률이에요. 세 개 한정이라니 꼭 올림픽 같다고 웃는 언니의 목소리가 들리는 것 같아요.

전혀 달라요, 언니.

올림픽은 단상에 올라가는 게 세 사람이에요. 그 외의 사람들은 아무리 우수하고 아무리 노력했어도 단상에 올라가지 못해요. 3위 안에 들지 못했다는 이유만으로 메달도 받지 못하다니 너무해요. 그래서 나는 올림픽을 보지 않아요. 단상에 올라가지 못한 사람들을 생각하면 가슴이 아프거든요.

그래도 내 바구니 안의 물건들은 그런 비극을 겪지 않아요. 세 개 안에 선택받지 못해도 우리 집에 오지 못할 뿐이고, 우리 집에 오기보단 니코니코당에서 다른 손님이 사주는 편이 당연히 더 행복할 테니까요.

자, 바구니에 든 물건을 하나하나 선반에 돌려놓습니다. 이게 네 바퀴째입니다. 집에 비슷한 물건이 있는 게 생각나면 돌려놓고, 그렇게까지 마음에 들지 않으면 돌려놓아요. 네 바퀴를 돌고 남은 것은 노란 플라스틱 머그잔, 노란 나일론 수세미, 노란 목장갑, 노란 칫솔, 노란 탱탱볼입니다. 다섯 개가 되었어요. 전부 내가 선호하는 외형이에요. 누가 뭐래도 오늘 나는 노란색이 좋으니까 전부 사고 싶어요. 사버리고 싶어요. 이 중에 두 개를 선반에 돌려놓기 싫어요.

쓰면 사라지는 것을 바구니에 남길 것. 그것이 내 방침이에요. 사라지지 않는 것은 선반에 돌려놓아요.

우선 머그잔을 선반에 돌려놓았어요. 이 잔으로 다섯 번물을 마셔도 잔은 사라지지 않아요. 다음으로 탱탱볼이에요. 작아도 제법 묵직한 느낌이라 사라질 것 같지 않아요. 도움도 안 되죠. 생각해보면 나는 살면서 단 한 번도 탱탱볼이 필요한 적이 없었어요. 아니, 한 번은 있습니다. 아까 이걸 쥐어 바구니에 넣을 때는 필요하다는 생각이 들었어요. 콘크리트바닥에 있는 힘껏 던져 튕겨 오르는 모습을 보면 마음이 후련해질 것 같다고 생각했어요. '있는 힘껏'이나 '마음이 후련하다'는 나답지 않아요. 이건 필요 없습니다.

물건을 쥐고 바구니에서 꺼내 선반에 돌려놓으려 할 때, 손이 미끄러졌어요. 노란 공은 마치 선반에서 도망치듯 바닥에 떨어져 놀랄 정도로 높이 튕겨 올랐는데, 상상 이상의 속도여서 마음이 후련한 정도가 아니었습니다. 화들짝 놀랄 정도였어요. 나는 정신없이 그것을 붙잡았어요. 해냈어요. 두 손으로 잡느라 바구니가 바닥에 떨어졌지만 공은 손에 들어왔어요. 내 손에 얌전히 들어온 노란 공에 갑자기 친밀감을 느꼈고, 가슴 안쪽에 따뜻한 불이 지펴진 것 같았어요.

짝짝짝, 박수 소리가 들렸어요.

계산대에 선 점원이 이쪽을 보고 손뼉을 쳤어요. 곧바로 눈에 띄고 말았다는 후회가 밀려왔어요. 이러면 안 돼요. 후회가 모래 폭풍처럼 나를 집어삼키기 전에 도망쳐야 합니다. 나는 탱탱볼을 바구니에 넣어 계산대로 갔어요. 빨리 떠나야 해요.

"400엔입니다"라는 말에 '아이고, 일을 저질렀네'라고 생각했지만, 100엔 동전을 네 개 건넸어요. 봉지는 됐다고 하고 물건을 쇼핑 바구니에 넣었어요.

나는 법률을 어긴 것에 동요했어요. 하나를 더 사고 말았어요. 나만의 법률이지만 법률은 법률이에요. 가슴이 답답해져서 가게에서 나가려고 했으나 다리가 움직이지 않았어요.

"어디 안 좋으세요?"

점원이 걱정스러운 표정으로 내게 다가왔어요. 젊은 여성이에요. 노란 블라우스를 입었어요. 짙은 노란색이에요. 민들레가 아니라 마리골드에 가까운 노란색이에요. 색에 마음이 놓여 무심코 묻고 말았어요.

"산 것 중 하나를 가게에 돌려놓아도 되나요?"

"반품인가요? 가능하죠."

반품이라는 말에 나는 동요했어요. 반품은 행동 수정이에요. 수정은 서툴러요. 왜냐하면 수정한 것을 후회하면 어떡하죠? 또 모래 폭풍 같은 후회에 휩쓸릴 거예요. 나는 나를 믿지 못하니 다음 행동을 선택하지 못합니다. 어떻게 손을 쓸 엄두도 못 내겠어요.

"반품이 아니라… 하나만 내일 가져가고 싶어요."

"내일요?"

"이상하게 생각하지 말아주세요. 하루에 세 개예요. 네 개를 가지고 갈 수 없어요."

점원이 목소리를 낮추고 물었어요.

"혹시 가족한테 혼나세요?"

"네, 맞아요."

나한테 혼나요, 후회해요, 그러니까 하나를 돌려놓게 해주세요. 나는 쇼핑 바구니에서 노란 공을 꺼냈어요. 작은 공. 움켜쥐면 보이지 않을 정도로 작아요. 이렇게 자그마한 물건 때문에 다른 사람을 애먹게 하고 있어요. 국가적으로 전혀 도움 될 것 없고, 우주 규모로 생각하면 손바닥에 감춰질 정도의 노란색 따위 없는 것이나 마찬가지예요. 어리석다는 자각은 있지만, 가지고 가는 것은 괴로워요. 가슴이 꽉 막힐 정도로 싫어요. 그렇다고 버릴 수도 없어요. 어떤 선택을 하든 후회가 그 끝에서 기다리며 나를 집어삼키려는 것만 같아요.

점원은 미안하다는 표정을 지었어요.

"맡아드리고 싶은데 사실 오늘부로 폐점하게 되어서요."

점원이 손으로 가리키는 쪽을 보니 벽보가 붙어 있었어요.

'3월 15일부로 폐점합니다. 지금까지 이용해주셔서 고맙습니다.'

놀랐어요.

그렇게 적힌 종이가 사방에 붙어 있지 뭔가요. 여기에도 저기에도요. 나는 가게를 네 바퀴나 돌았으면서 도대체 뭘 보았을까요. 눈에도 머리에도 들어오지 않았을까요. 아니면 머리에 들어왔는데 기억에서 사라졌을까요?

"손님들께 알리려고 잔뜩 붙여서 오히려 눈에 들어오지 않았을 거예요. 이렇게 보면 벽 무늬 같으니까요."

점원이 나를 배려하며 말했어요.

"가게가 없어지나요?"

여기가 제일 안심할 수 있는 가게였어요. 손님이 적었으니까요. 그렇다면 역시 경영난일까요. 그것과 이것을 연결해서 생각하지 못했어요. 나는 언제나 나 하나만으로도 버거워요. 내일부터는 다른 가게에 가야 해요. 전부 니코니코당만큼 좋아하진 않는 곳이에요.

"100엔 균일 상품은 이 상점가에 오시는 손님들의 수요엔 맞지 않았나 봐요."

점원이 조금 쓸쓸하게 말했어요.

나는 아시타마치 곤페이토 상점가에 용건이 없어요. 이 가게가 100엔 균일 상품을 파는 게 중요했어요. 내 수요에는 알맞았는데 사회는 나를 위해 있는 것이 아니니 포기할 수밖에 없어요.

노란 공을 움켜쥔 채 나도 모르게 눈물을 글썽였어요.

"역시 반품하시겠어요?"

점원은 지금이라도 받아주겠다며 다정하게 말을 걸었어요.

나는 고개를 저었어요. 매출이 줄어서 폐점하게 된 가게에 반품이라니 말도 안 돼요. 지금까지 나를 머물게 해준 가게에 은혜를 원수로 갚는 짓은 할 수 없어요. 애초에 다른 가게에 가지 말고 매일 여기에 300엔을 내면 좋았을 텐데. 아니, 아니, 300엔이 아니라 펑펑 샀어야 했어요. 법률에 얽매여 그러지 못했어요.

오늘은 법률을 어길 수밖에 없어요. 아무튼 오늘은 400엔어치의 물건을 가지고 가야겠어요. 공포심은 있어요. 이걸 계기로 내일은 다섯 개, 모레는 열 개로 내 쇼핑 목록이 점점 늘어나지 않을까 하는 공포예요. 하나만 어긋나도 그런 일이 시작되는 걸 나는 사무치도록 잘 알아요.

언니, 나 괜찮을까요?

점원이 걱정하며 내 얼굴을 살폈어요.

"이 상점가 안쪽에 보관해주는 가게가 있어요."

"보관이요?"

"네, 상품 하나를 거기에 맡기고 내일 찾으러 가면 어떨까요? 100엔이 들긴 하지만요."

"그게 뭐 하는 가게죠?"

"보관가게예요. 모두 그렇게 불러요. 간판은 없고 쪽빛 포렴에 '사토さとう'*라는 하얀 글자가 적혀 있어요. 보관가게라고 하면 외부에서 온 손님은 놀라시는데, 상점가 사람들은 다들 잘 알고 종종 이용해요."

"당신도 이용한 적 있나요?"

"있어요, 있어요."

점원이 쑥스러운 듯이 웃었어요. 무엇을 맡겼는지는 말하지 않으려나 봐요.

"하루에 100엔으로 무엇이든지 보관해줘요. 회원 카드도 없어요. 신분증명서 같은 것도 필요 없고요. 이름을 말하는

---

* 설탕이라는 뜻.

것이 규칙이에요. 이름만 말하면 이유도 묻지 않고 뭐든지 맡아줘요."

이유를 묻지 않는 점에 매력을 느꼈어요.

하루 100엔이라는 말에도 끌렸고, 뭐니 뭐니 해도 가져가는 물건이 네 개에서 세 개로 줄어들어요. 가지 않을 이유가 없었죠.

니코니코당을 나선 나는 돌아보고 고개를 숙였어요. 점원도 인사했어요. 밖에도 폐점 벽보가 붙어 있었어요. 일단 알아차리면 눈에 들어오네요.

상점가는 외길이어서 헤매지 않았어요. 옛날 생각이 나는 거리여서 처음 온 게 아닌 것 같은 기분도 들었어요.

쪽빛 포렴은 금방 찾았어요. 아담한 일본 가옥이어서 마음이 놓였어요. 끌려가듯 가게로 들어서자 그리운 냄새가 났어요. 나무 냄새, 오래된 일본 가옥 냄새예요.

봉봉봉봉봉봉, 벽시계가 울리기 시작했어요. 봉봉이 계속계속 이어져서 심장이 두근두근 박자를 맞추는 것처럼 뛰었어요.

"시간이 다 됐습니다."

맑은 목소리가 들렸어요. 젊은 청년의 목소리예요. 보관가게라는 신비로운 상점과 가게 생김새로 보아 뚱뚱한 아줌마 혹은 비쩍 마른 할머니를 상상했는데, 옛날 일본 영화의 스타 배우처럼 잘생긴 청년이 있었어요. 문을 닫는다는 말은 내가 아니라 가게에 있는 손님에게 하는 말이었어요.

손님은 여성이었어요.

"벌써 11시인가요? 정신없이 떠드느라 시간 가는 줄 몰랐어요."

여성은 손목시계를 풀어 가게 주인에게 내밀었어요. 몸에 차고 있던 것을 맡기다니! 다이내믹하네요. 덤으로 보관하는 것처럼 보이기도 했어요. 아름다운 손목시계예요. 나는 그 시계가 아주 고급인 걸 알아차렸죠.

가게 주인은 손목시계를 받고 내 쪽으로 고개를 돌려 "어서 오세요. 잠깐 기다려주시겠습니까?"라고 말했어요.

나는 분수에 맞지 않는 곳에 왔다고 생각했어요.

보관하다. 그것은 역시 귀금속이나 보석 같은 가치 있는 것이 분명해요. 이른바 귀중품이죠. 하루 100엔에 보관해준다는 것도 내가 잘못 들었겠죠. 100엔 균일 판매인 가게에 있었으니 100엔이라고 들은 것이겠죠. 내 지갑에는 이제 600엔밖에 없어요. 집에서 나올 때 1,000엔만 가지고 나온다고 정했거든요. 그중 매일 300엔을 100엔 가게에서 쓰고 남은 돈으로 도시락을 사서 돌아가는 것이 일과예요. 오늘은 벌써

400엔을 써버렸어요. 보관료를 낼 수 있을까요.

"영업시간이 지난 것 같은데 나중에 다시 올게요."

이미 자신감을 잃고 의기소침해진 내가 말했어요. 엉덩이
는 벌써 가게 밖으로 나갔죠.

"오후에는 3시부터 시작하니 시간이 너무 뜹니다. 다시 오
기 불편하시죠?"

가게 주인이 나를 배려하며 말했어요. 내가 몇십만 엔이
나 하는 진주 목걸이를 맡긴다고 생각하나 봐요.

"괜찮다면 앉아서 기다려주세요."

어쩜 이리 태도가 정중할까요.

그러자 손님인 여성도 "이리 오세요, 오세요" 하고 내게
손짓했어요.

나는 도망치지도 못하고 밖으로 나갔던 엉덩이를 가게 안
으로 끌어들여 마루 구석에 얹은 다음 기다리기로 했어요. 두
사람이 하는 행동을 언뜻언뜻 훔쳐보았죠.

여성은 "사흘이요"라고 말하며 지갑에서 돈을 꺼내 가게
주인의 손바닥에 놓았어요. 이렇게 보관하는 데 익숙한가 봐
요. 천 엔 지폐도 만 엔 지폐도 아닌, 백 엔 동전 세 개를 놓았
어요. 보관품은 고급인데 낸 돈은 고작 300엔이에요.

"그럼 사쿠라하라 사토미 씨, 사흘 후에 오시기를 기다리

겠습니다."

가게 주인이 그렇게 말했어요. 하루에 100엔이라는 말은 잘못 들은 게 아닌가 봐요.

사쿠라하라 씨는 "바이바이"라고 말하고 가게에서 나갔어요. 마치 소꿉친구처럼 친근한 태도였어요. 어쩌면 소꿉친구 할인이 아닐지 의심스러울 정도였어요.

나는 가게 주인이 권하는 대로 신발을 벗고 마루 위로 완전히 올라갔어요.

가게 주인은 일단 보관품을 넣어두러 안으로 갔다가 금방 마루로 돌아왔어요. 내 앞에 반듯하게 앉았죠.

팔다리가 길고 키가 큰 청년이에요. 젊어 보이는데 어른스러운 침착함이 있어서 이쪽까지 차분해지는 독특한 분위기를 풍겼어요.

"오래 기다리셨습니다."

나는 이때야 비로소 그의 눈이 보이지 않는다는 걸 알았어요. 움직임이 너무 원활하고 지팡이도 짚지 않아서 알아차리는 데 시간이 걸렸어요. 나는 마음이 놓였어요. 나를 보지 못하니까요. 맡기는 물건도 나도 감정하지 못한다는 생각에 안도감을 느꼈어요.

보관한다는 말을 듣고 나는 전당포를 상상했어요. 전당포는 물건을 감정해요. 손님을 감정하는 곳은 없겠지만, 아무래도 긴장하게 돼요.

"무엇을 보관하시겠습니까?"

가게 주인의 목소리는 맑고 마음을 정화하는 듯이 들렸어요.

나는 얼른 쇼핑 바구니에서 탱탱볼을 꺼내 다다미 위에 놓았어요. 공이 굴러갈 것 같아서 같이 산 노란 나일론 수세미를 옆에 놓아 움직이지 않게 했어요. 노란색 두 개가 나란히 놓였어요.

가게 주인은 가느다란 손가락으로 만지더니 "탱탱볼과 나일론 수세미군요?"라고 말했어요. 나는 "탱탱볼만이에요"라고 말하지 못했어요. 오히려 이 두 개로는 부족하다고 생각했어요. 사쿠라하라 씨는 고가의 시계를 맡겼는데 나는 탱탱볼과 나일론 수세미. 이래서는 균형이 맞지 않아서 노란 목장갑과 노란 칫솔도 꺼내 나란히 놓았어요.

노란 물건이 네 개나 놓였는데도 사쿠라하라 씨의 손목시계에는 미치지 못했어요. 애초에 나는 이것들을 왜 샀는지 의아한 기분이었어요. 매일 100엔짜리 물건을 세 개씩 사고 있어요. 전부 다 없어서는 안 될 물건도 아니에요.

없어서는 안 될 물건은 따로 있을 거예요. 나는 그걸 깨닫고 눈앞에 있는 것을 없애버리고 싶었어요.

"전부 네 개. 하루 동안 보관해주세요."

결심이 흔들리지 않게 큰 소리로 선언하듯 말했어요. 이어서 지갑에서 400엔을 꺼냈어요. 어디에 두면 좋을지 몰라 칫솔 옆에 놓았어요. 가게 주인은 그것들을 하나하나 만져보고 돈을 센 뒤 "전부 하루면 되는 거죠?" 하고 확인했어요. "네" 하고 대답하자 "잠깐 기다려주세요"라고 말하고 물건을 둔 채 안으로 들어갔어요. 뭐가 잘못됐나 싶어 조마조마하게 기다리는데 주인이 금방 돌아왔어요. 뚜껑이 없는 직방형 나무 상자를 가지고 왔죠. 장롱 서랍 중 하나로 보였어요.

가게 주인은 노란색 네 개를 나무 상자에 넣어 한데 모으고 "하루 100엔으로 전부 보관하겠습니다"라고 말했어요. 100엔짜리를 하나만 가져가고 세 개를 돌려주었어요. 안심했어요. 수중에 500엔이 남았으니 점심과 저녁 두 끼 식량을 살 수 있어요.

"보관 기간이 지나도 찾으러 오시지 않으면 보관품은 제 것이 됩니다만, 괜찮으십니까?" 가게 주인이 말했어요.

"찾으러 오지 않아도 되나요?"

나는 얼빠진 소리를 했어요. 계속 맡겨두는 방법이 있다니 생각지도 못했어요. 오늘은 두고 간다는 생각에만 집착했거든요.

가게 주인이 웃었어요.

"찾으러 오시기를 기다린다고 말씀드리지만, 오지 않는 분도 계세요. 그건 맡기신 분의 사정이니까요."

"그렇게 가진 물건을 가게에선 어떻게 하시나요?"

"사용할 수 있는 것은 사용하고 팔 수 있는 것은 팔고 버릴 수밖에 없는 것은 처분합니다."

"버리는 거, 힘들지 않으세요?"

"그것도 보관가게의 일입니다."

나는 "흐음" 하고 또 얼빠진 소리를 내고 말았어요.

이 가게는 기분 좋아요. 모습이 보이지 않으니 부끄러움이 반감해요. 나는 정말 마음이 놓였어요. 불필요한 쇼핑을 이것으로 없었던 일로 할 수 있다는 안도감이에요. 탱탱볼이 언뜻 눈에 들어와서 아쉽기도 했어요. 버린다고 생각하면 도움도 안 되는 이런 것이 신기하게도 마음에 걸립니다. 그래도 후회하면 내일 가지러 오면 돼요. 결단은 내일로 미룰 수 있어요.

일단 오늘 나는 이 물건들에서 해방됩니다.

그러면 됐다고 생각하기로 했어요.

영업시간이 지난 것을 떠올리고 빨리 나가야겠다고 일어

났어요. 그러고 보니 아직 이름을 말하지 않았어요. 니코니코 당 점원이 "회원 카드도 없어요. 이름을 말하는 것이 규칙이에요"라고 했어요. 이름을 밝히는 것이 규칙입니다. 어디든 법률은 있습니다. 로마에 가면 로마법을 따르라. 보관가게 법률에 따라야죠.

"내 이름은."

거기에서 말문이 막혔어요. 뭔가에 걸려 넘어진 것 같은 통증을 느꼈어요. 말이 나오지 않아요. 언니, 내 이름이 뭐였죠? 언니는 나를 뭐라고 불렀죠? 우리 집 문패에 뭐라고 적혀 있더라. 아니에요, 아니에요, 잊어버리지 않았어요. 머릿속에 있어요. 그저 뚜껑이 닫혀 있을 뿐이에요. 뚜껑을 찾아봅시다. 이름을 넣어놓은 상자. 그 상자를 엽니다.

말이 나오지 않아서 숨도 쉴 수 없었어요. 나는 괴로워서 눈물을 글썽였어요.

봉, 하고 소리가 크게 한 번 울렸어요. 11시 반을 알리는 소리예요. 가게의 점심시간을 30분이나 사용해버린 죄책감이 점점 더 뚜껑을 못 찾게 했어요.

가게 주인이 조심스럽게 말했어요.

"엔도 요시노 씨죠?"

어라, 가게 주인이 뚜껑을 열어주었어요. 어떻게 된 걸까요?

내 눈앞에 나 자신이 펼쳐졌어요. 나는 엔도 요시노라는 사람이고, 언니는 나를 요시라고 불렀어요.

"네, 엔도 요시노예요."

"그럼 엔도 요시노 씨, 소중히 보관하겠습니다."

머릿속이 멍해졌어요.

신발을 신으려다가 비틀거리는 나를 가게 주인이 가만히 받쳐줬는데, 나는 그제야 내 등이 굽은 걸 알았어요. 그러고 보니 나는 노인이었어요. 그게 지금 생각났어요. 니코니코당 점원도 사쿠라하라 씨도 나에게 다정했어요. 노인이니까 친절하게 대했겠죠.

가게 주인은 밖까지 나와 나를 배웅했어요.

나는 아마 예전에 보관가게를 찾은 적이 있겠죠. 그걸 까맣게 잊었을 거예요. 언제 왔을까요, 무엇을 맡겼을까요, 찾으러 왔을까요. 하나하나 떠올려요.

뭐, 떠올리지 못해도 괜찮을 것 같아요.

가게 주인은 엔도 요시노의 목소리를 기억해주었어요. 아마 맡긴 물건도 기억해주겠죠. 그러니 본인인 내가 기억하지 못해도 괜찮겠다는 생각이 들었어요.

너무 무책임한 생각이죠?

언니, 그래도 나는 돌아가는 길에 평소보다 훨씬 발걸음이 가벼웠어요. 쇼핑 바구니에 지갑 외에 아무것도 없어요. 오늘은 가지고 가는 게 없어서 상쾌하고 자랑스러운 기분이에요. 바구니 가득 물건을 담은 그 순간보다 가슴을 더 활짝 펴고 싶은 기분이에요.

오늘은 노란 물건 네 개를 샀어요. 니코니코당에서 샀어요. 400엔을 냈어요. 그걸 100엔으로 보관가게에 맡겼어요. 전부 500엔을 썼어요. 뭘 맡겼는지 벌써 일부는 생각나지 않아요. 노란 탱탱볼만은 기억해요. 손에서 미끄러지고 튕겨 오르고 굴러가서 내 마음대로 안 되니까요. 그래요, 그러니까, 애증과도 같은 감정이 생겼나 봐요. 후후, 너무 허풍인가? 탱탱볼에 애증이라니요.

내일, 나는 보관가게에 갈까요? 공을 데리러요.

모르겠어요.

지금 정하지 않아도 돼요. 내일의 내가 정하면 되는 일이니까.

돌아가는 길에 사토 씨 마당을 들여다보니 역시 민들레가 피어 있었어요. 딱 한 송이만요. 갈 때의 기억과 같아요. 나는 민들레에 합장했어요. 눈 장군이자 포치인 아담은 이미 죽어서 뼈가 되어 마당에 잠든 것이 생각났어요. 사토 씨 집 문패는 '이가와'로 바뀌었어요. 사토 씨가 언제 이사했는지, 내가 그걸 알고 있었는지, 그것까지는 생각나지 않았어요.

나는 도시락을 사는 걸 깜박하고 집에 돌아가서 오랜만에 밥을 지었어요. 정말 오랜만에 갓 지은 밥에서 피어오르는 김 냄새를 맡았어요.

나는 다음 날 보관가게에 가지 않았어요.

하루 종일 어디도 가지 않았어요.

깜박한 게 아니라 내 의지로 가지 않았어요. 보관가게에는 그다음 날 갔어요. 쇼핑 바구니에 담을 수 있는 만큼 물건을 담아 보관가게를 찾았어요. 그걸 100엔에 맡기고 다음 날 찾으러 가지 않고, 또 다음 날 바구니에 담을 수 있는 만큼 담아서 가지고 갔어요.

가게 주인이 "엔도 요시노 씨죠?"라고 말할 때마다 내 안에 변화가 생겼어요. 마음이 반듯해진다고 해야 할까요, 정신이 올곧아져서 한마디로 많은 것이 보이기 시작했어요.

생각났답니다. 여러 가지가, 조금씩.

전부 다 까맣게 잊어버린 것은 아니에요. 분명 보지 않으려고 했던 거죠. 니코니코당의 벽보도 눈에 보였으면서 안 보려고 했을 거예요. 내게 불리한 것에는 뚜껑을 덮어요. 나는

뚜껑 덮기의 달인이에요. 후회가 특기인 만큼 그에 대한 대책도 있는 거죠. 아무튼 뚜껑을 덮어요. 나중에는 뚜껑의 존재를 잊는답니다.

내가 엔도 요시노인 것도 내게는 불리한 것 중 하나였어요. 어떤 점이 불리했는지는 때가 되면 확실해지겠죠. 아무튼 이대로 둘 수 없다는 걸 깨닫고 덮어두었던 뚜껑을 하나하나 열기로 했어요.

그날, 노란 카디건을 입고 보관가게에 갔던 날, 귀가한 나는 우선 내 집을 보고 놀랐어요. 집 안이 온통 100엔 상품으로 뒤덮인 상태였어요. 전부 사용한 흔적 없이 새것 그대로 놓여 있었어요. 개수가 어마어마했어요. 나는 물건에 파묻혀 살고 있었어요. 그렇게 살면서도 알아차리려 하지 않았어요.

하루에 세 개, 1주일이면 스물한 개, 한 달이면 아흔 개나 되는 물건이 우리 집에 왔으니까요. 고작 세 개씩이라도 하루하루 쌓이면 방대하게 늘어난답니다.

나는 먼저 그 물건들부터 정리하기로 했어요. 쇼핑 바구니에 담을 수 있는 만큼 담아 하루걸러 보관가게에 가지고 갔어요. 보관가게에 맡기는 방식으로 전부 버리기로 했어요. 마음이 바뀌면 다시 찾아오려고 하루라는 기한을 뒀어요. '역시 중요한 거였어'라는 생각이 들면 다음 날 가지러 갈 수 있어요. 도망칠 길이 있으니 결심이 가벼워졌어요. 척척 봉지에 담아 부지런히 운반할 수 있었어요.

찾으러 간 적은 한 번도 없었고 보관가게에 버리는 작업이 됐죠. 보관가게 주인은 그걸 알면서도 아무 말 없이 웃으며 받아주었어요.

"매번 고맙습니다"라고 해서 나도 "매번 고맙습니다"라고 고개를 숙였어요. 매번 버리게 해줘서 고맙습니다.

음식물 쓰레기는 쓰레기장에. 그 정도는 나도 할 수 있어요. 하지만 한 번도 쓰지 않은 새 물건들을 내 손으로 매장하는 건 꺼려졌는데, 보관가게에 맡김으로써 죄책감이 생기지 않았어요.

내가 버린 물건을 본 적도 있어요. 보관가게에서 키우는 하얀 고양이가 한때 우리 집에 있던 접시로 밥을 먹었어요. 그 고양이 이름이, 어쩜 '사장님'이래요! 나는 속으로 접시에게 '잘됐구나' 하고 속삭였어요.

나는 자식이 없지만 장성한 자식이 직장에서 열심히 일하는 모습을 멀리서 본다면 이렇게 자랑스럽겠죠. 내 아이가 이토록 훌륭하게 자라서 남을 돕다니.

내 하루가 달라졌어요.

하루에 한 번 100엔 가게에서 세 개를 사는 생활을 그만두고 하루는 보관가게에 물건을 가지고 가는 날, 또 하루는 보관가게에 가지고 갈 물건을 선별하는 날로 삼았어요. 나가는 돈이 하루 300엔에서 이틀 100엔으로 바뀌었어요.

가끔은 안 할 때도 있어요. 지쳐서 하루 내내 잔 적도 있어요. 실은 제법 많았어요. 매일 100엔 가게에서 쇼핑하는 일보다 지칩니다. 머리를 쓰고 마음이 움직여서 지쳐요. 그래도 싫은 피로는 아니에요. 부지런히 올바르게 산다는 보람이 있어요.

보관가게에 갈 때마다 집이 넓어졌어요.

100엔 상품으로 뒤덮였던 다다미가 보이기 시작했어요. 보관가게 주인에게 "증축해줘서 고마워요"라고 말해버린 적도 있어요.

가게 주인은 "천만의 말씀입니다"라며 웃었어요. 척하면 척인 사이가 됐네요.

나는 사 온 물건을 처분하며 조금씩 과거를 떠올렸어요.

이 작업은 나를 찾는 여행 같은 거예요.

어느 날, 100엔 상품이 다 사라졌어요. 다다미와 마루가 아주 깔끔해졌는데, 아직 벽장이 남아 있었어요. 나는 다다미와 마루를 걸레질하고 하루 쉰 뒤 벽장 작업에 착수했어요.

벽장에는 다른 물건들이 들어 있었어요. 격이 다른 물건이에요. 백화점 쇼핑백에 고스란히 담긴 고급 브랜드의 가방과 신발, 외국 브랜드 포장지에 싸인 손목시계 따위가 있었어요. 사쿠라하라 사토미 씨의 손목시계 가격을 대충 짐작한 것은 내가 같은 브랜드의 시계를 산 적이 있어서인가 봐요.

샀을 때는 분명 자랑스러웠겠죠. 돌아오는 길에는 아마도 후회하느라 암울했을 거예요.

신기하게도 100엔 상품을 샀을 때의 기억은 흐릿하게 있는데, 고급품에 관해서는 전혀 기억하지 못해요. 후회가 너무 커서 기억의 방에서 쫓아냈을까요. 어디에서 샀는지, 어떻게 돈을 냈는지 아예 기억이 안 나요. 너무 큰 뚜껑을 덮어두었는데 무서워서 열지 못했어요.

그것들도 다 보관가게에 가지고 가서 100엔에 맡기고 찾아가지 않기를 반복했어요.

우리 집에는 벽장이 네 군데 있어요. 그게 하나둘 비어 전부 깔끔해졌을 때, 마당에서 갑자기 매미가 울었고 나는 오열했어요.

그날 일이 생각났어요.

언니는 매서운 표정으로 이렇게 말했어요.

"이런 게 왜 필요해? 일도 안 하면서 왜 이렇게 사? 내 월

급이 어디서 솟아나는 줄 알아?"

언니는 잔뜩 화를 냈죠. 나는 아마도 울면서 사과했을 거예요. 그럼에도 사는 걸 그만두지 않았겠죠. 언니가 화를 내면 낼수록 나는 더 샀을까요. 그 부분은 기억에 없네요.

미안해요, 미안해요, 미안해요.

어느 정도 시간이 지나자 언니는 화내는 걸 그만뒀어요. 그 기억도 되살아났어요. 언니는 울고 있었어요.

"파산이야, 이제 아무것도 못 사."

언니는 울고 또 울다가 어느 날 갑자기 다정해졌어요.

"요시, 나 잠깐 다녀올게."

기억은 거기까지예요. 그날 이후로 언니는 돌아오지 않았겠죠.

내 쇼핑의존증이 언니의 목을 조여서 결국 언니는 나를 버리고 집을 나갔어요. 그 뒤로 나는 후회하고 반성하고, 후회와 반성은 특기 분야지만 수정은 서툰데, 그래도 어떻게든 시도해서 법률을 제정했겠죠.

쇼핑하는 가게는 100엔 가게, 사는 건 하루에 세 개까지라고요.

그 법률에 따르면 불필요한 지출은 한 달에 9,000엔이면 돼요. 전기 요금과 수도 요금, 식비를 줄이면 연금으로 어떻게든 생활할 수 있어요.

언제부터 그런 법률을 제정하고 얼마나 오래 지켜왔는지는 모르겠지만, 분명 이러는 동안 과거에 내가 저지른 잘못을 잊고 지금에 이르렀겠죠.

언니, 오늘은 길가에 해바라기가 피었어요.

딱 한 송이가 우뚝하게 섰어요.

혼자 서 있어요. 쓸쓸하지만 비뚤어지지 않고 서 있어요. 그 모습을 나와 겹쳐 보았어요. 내 등은 어느새 꼿꼿해졌어요. 봄부터 서서히 생활이 달라진 덕에 몸도 달라졌어요. 발밑의 마리골드가 아니라 파란 하늘을 배경으로 한 해바라기가 보이기 시작했어요.

나는 양산을 쓰고 걸었어요. 보관가게로 가는 중이에요. 벌써 몇 번이나 이 길을 지났을까요. 오늘은 맡길 물건이 없어요.

포렴을 지나자 "어서 오세요" 하는 평소의 맑은 목소리가 맞아주었고 나는 마루에 올라갔어요. 다른 손님은 없어요. 시원한 바람이 들어와요.

지금뿐이에요. 얼른 말을 꺼냈어요.

"예전에 내가 여기에 뭔가를 맡겼죠?"

"엔도 요시노 씨죠?"

"네, 엔도 요시노입니다."

그렇습니다. 가게 주인은 눈이 보이지 않아서 목소리를 내지 않으면 손님을 구별하지 못해요.

가게 주인의 눈에 관해서는 매번 깜박합니다. 왜냐하면 가게 주인은 몸을 민첩하게 움직이거든요. '눈이 불편한 사람'이라는 표현이 있는데, '눈이 보이지 않는 것'과 '불편함'이란 단어는 어울리는 듯하면서 어울리지 않아요. 가게 주인의 기억력에는 시력을 능가하는 힘이 있어요. 그 기억을 살려 자유자재로 현재와 과거를 오가요. 나로 말하자면, 노안이긴 해도 눈이 보이는데 기억이 자유롭지 못해서 그게 여러모로 불편함을 낳는답니다.

과거로 돌아가려면 사람의 힘을 빌릴 수밖에 없어요. 그게 오늘 온 목적입니다.

"전에 여기에 보관하신 물건을 확인하고 싶으신가요?"

가게 주인이 차분하게 물었어요. 나는 "그래요" 하고 대답했어요.

"나는 봄부터 하루가 멀다 하고 여기에 왔어요. 처음에 맡긴 게… 뭐였더라. 아마 네 개를 맡겼을 텐데요."

"나일론 수세미와 칫솔과 목장갑과."

"탱탱볼!"

"네, 분명히 받았습니다."

"그전에도 나는 여기에 온 적이 있죠?"

가게 주인이 신중한 표정으로 "네" 하고 말했어요.

"그러니까 내 이름을 알고 있었군요."

"네, 그렇습니다."

"그게 언제였죠? 나는 기억이 안 나요."

가게 주인은 아무 말 없이 내 이야기에 귀를 기울였어요.

"나는 기억하는 것과 기억하지 못하는 게 있어요. 탱탱볼 이후의 일은 대부분 기억해요. 물론 맡긴 물건을 전부 기억하진 못하지만요. 집에 잔뜩 있던 100엔 상품과 벽장에 잔뜩 있던 미개봉 상품을 부지런히 이곳에 가지고 온 기억이 있어요."

"네, 분명히 받았습니다."

"내가 오늘 묻고 싶은 건, 탱탱볼 이전에 여기 왔을 때예요. 몇 번이나 왔고 무엇을 맡겼는지, 그게 언제인지 기억나지 않아요."

"…네."

가게 주인은 신중한 표정이에요.

"당신은 기억하나요?"

"기억합니다."

가게 주인은 조금 미안한 표정을 지었어요. 내가 잊은 것을 가게 주인은 기억한다. 그래서 가게 주인이 우위에 있다, 그렇게 느낄지도 모르겠네요.

나는 눈이 보여요. 그러니 이 가게의 다다미도 좌식 책상도 벽시계도 보여요. 이곳은 가게 주인의 가게인데 가게 주인에게는 보이지 않아요. 그렇다고 내가 가게 주인보다 우위에 있는 것은 아니죠. 예를 들어 지금 다다미에 개미가 기어다닌다면, 가게 주인에게는 보이지 않을 테니 내가 잡아서 바닥에 내려놓을 수 있어요. 내가 해줄 수 있는 일이라곤 그 정도예요. 해주는 쪽이 위고 받는 쪽이 아래인 것은 아니죠.

그러니 가게 주인 씨, 당신은 나에게 당신이 가진 기억을 줘요.

내게 미안해하지 말고 알려줘요.

예전에 당신에게 맡기고서 지금까지 맡아둔 과거를 나는 되찾고 싶어요.

"가르쳐줄래요? 나는 여기에 자주 왔었나요?"

"오신 것은 한 번뿐입니다."

"한 번이라는 건 맡긴 뒤에 찾으러 오지 않았다는 건가요?"

"네."

"맡긴 건 언제인가요?"

"보관가게가 막 문을 열었을 때입니다. 13년 전쯤이죠."

"13년이나 전에? 딱 한 번?"

"네."

나는 놀랐어요. 가게 주인의 기억력에요. 13년 전이라면 나는 예순이었네요.

"나는 뭘 맡겼죠?"

"봉투입니다."

"그건 편지? 내가 쓴 건가요?"

가게 주인은 잠깐 입을 다물었으나 곧 이렇게 말했어요.

"아마도 편지일 겁니다. 왜냐하면 우표가 붙어 있었거든요. 하지만 저는 주소를 읽을 수 없어서 소인消印이 찍혀 있는지도, 어떤 편지인지도 모릅니다."

나는 한숨을 쉬었어요. 그렇죠. 가게 주인은 눈이 보이지 않아요. 그리고 나는 기억이 없어요. 이 두 가지 장애 때문에 미궁에 빠지는 걸까요.

13년 전의 나는 보관가게의 존재를 알고 여기에 봉투를 맡겼어요. 그리고 찾으러 오지 않았죠. 지금 시점에서 아는 건 이것뿐이에요.

"그때 내가 그게 뭔지 설명했나요?"

"봉투에 관해서는 아무 말씀이 없었습니다. 보관 기간을 여쭙자 시간이 조금 필요하다고, 아마도 그렇게 말씀하셨을 겁니다. 그렇게 고민하시다가 한 달로 정하고 그만큼의 보관료를 낸 뒤 돌아가셨습니다."

나는 당시의 내가 답답해서 속이 탔어요.

왜 찾으러 오지 않았을까요? 필요 없는 물건은 아니었을 거예요. 버릴 생각이었다면 100엔만 냈겠죠. 애초에 불필요하다면 종이니까 찢어서 버리면 그만이에요. 한 달 뒤에 찾으러 올 마음이 있었겠죠. 그런데 한 달 뒤의 나는 필요하지 않다고 판단했을까요.

조용한 시간이 흘렀어요.

갈등하는 나를 보관가게 주인은 아무 말 없이 지켜봤어요. 재촉하는 분위기가 아니었어요. 기분 좋은 분위기 속에서 내 마음은 서서히 평온해졌어요. 포기하는 마음이 느릿느릿 나를 지배했어요. 이쯤에서 마무리하는 게 좋겠다는 생각이 비로소 들었어요. 물건을 정리하는 데 익숙해져서 마음도 정리할 수 있게 되었는지도 모르죠.

"고맙습니다."

나는 가게 주인에게 고개를 숙였어요. 숙여도 그에게는 보이지 않겠지만 숙이고 싶어서 숙였어요.

"너무 많은 물건을 받아주셔서 고맙다는 말로는 부족합니다. 보관가게에서 내 이름을 기억해주신 덕분에 나 자신을 조금은 되찾을 수 있었습니다. 집을 구석구석 정리하며 나 자신을 다시금 확인할 수 있었어요. 아직 모르는 것도 있지만 그건 어쩔 수 없지요. 포기할 수밖에 없어요."

가게 주인은 뭔가 생각하는 것 같았어요. 살짝 고개를 기울이더니 이렇게 말했어요.

"맡기신 물건 중에 역시 가지고 있을 걸 그랬다고 후회하는 물건이 있나요?"

문득 노란 탱탱볼이 머릿속에 떠올랐어요. 그래도 그건 말하지 않았어요. 대신 "아무래도 수수께끼인 봉투요"라고 대답했어요.

"봉투가 궁금하세요? 왜죠?"

"그야."

나는 후후후 웃었어요.

"돈을 제일 많이 냈으니까요. 한 달 보관료 3,000엔을 냈잖아요."

가게 주인이 피식 웃었어요.

"몇백만 엔이나 하는 손목시계나 가방보다요?"

나는 "네" 하고 고개를 끄덕였어요.

"맡겼을 때는 아마⋯ 찾으러 올 생각이었을 테니까."

그래요. 에르메스 버킨백보다 그 봉투가 가치 있어요. 과거의 나와 만날 수 있으니까요.

가게 주인이 눈을 깜박였어요. 긴 속눈썹이 돋보였어요.

"차라도 드시겠어요?"

이렇게 말하며 일어나 포렴을 내렸어요. 대화에 열중하느라 벽시계 소리를 듣지 못했는데 11시 점심시간이네요.

이 가게에 오는 것도 오늘로 마지막이겠죠. 나는 "권해주셔서 고마워요"라고 대답했어요.

가게 주인이 안쪽으로 들어갔어요. 주전자로 물을 끓이기 시작했는지 김이 올라오는 소리가 들렸어요. 여름에도 따뜻한 차를 좋아하는 나는 기뻤어요.

나도 집에서 물을 끓여요. 밥도 하고 청소도 해요. 매일 목욕도 해요. 그런 평범한 생활을 되찾았어요. 이제 내 쇼핑의존증이 부활하지 않기만을 바랄 뿐이에요. 벽장에 들어 있던 미개봉 상품들. 거기에 쓴 돈을 생각하면 언니에게 면목이 없고 미안한 마음만 한가득이에요. 집을 나가는 게 당연해요. 나를 버려줘서 고마워요. 언니가 어딘가에서 평범한 행복을 붙잡았기를 바라요.

눈이 보이지 않기 때문일까요. 차를 끓이는 데 시간이 꽤 걸렸어요. 잠시 뒤 가게 주인이 드디어 쟁반에 차를 담아 돌아왔어요. 자리에 앉더니 내게 편지 한 통을 내밀었어요.

"보관해두었습니다."

가슴이 쿵쿵 뛰었어요.

하얀 봉투예요. 미개봉이에요. 붙어 있는 우표도 옛날 가격이에요. 소인도 있어요. 13년 전이에요. 받는 사람은 '엔도 요시노'예요. 내게 온 편지예요. 떨리는 손으로 봉투를 받아 뒤집자, 엔도 유리코라고 적혀 있었어요.

언니예요!

언니가 보낸 편지예요!

나는 "으아악" 하고 묘한 소리를 내고 말았어요.

정신을 차리자 편지를 품에 안고 있었어요. 눈물이 흘렀어요. 보낸 사람의 이름을 보지 않아도 나는 알 수 있었어요. 언니의 글씨니까요. 동글동글 어린애 같은 언니의 글씨. 잊을 리 없어요. 당장 읽고 싶어요. 집으로 달려가고 싶은데 허리에 힘이 빠져서 일어나지 못하겠어요. 간신히 실금하지 않았어요. 가끔 실수해서 흠칫했지만요.

가게 주인이 말했어요.

"점심시간이니 가게를 닫겠습니다. 괜찮다면 여기에서 읽으셔도 됩니다. 종이칼은 좌식 책상 위에 두었습니다. 화장실은 저기로 들어가면 안쪽에 있어요. 저는 볼일이 있어서 잠깐 나갔다 오겠습니다. 2시가 지나서 올 거예요. 여길 편하게 사용하세요. 내키실 때 돌아가시면 됩니다.”

가게 주인은 자기가 한 말대로 밖으로 나갔어요. 지팡이를 들고 나갔죠.

나는 우선 차를 한 모금 마셨어요. 맛있어요. 차를 끓이는 데 눈은 필요 없다고 증명하듯 향과 맛이 완벽했어요.

좌식 책상 위 종이칼을 빌려 봉투를 뜯었어요. 뭐라 말할 수 없는 향기가 물씬 났어요. 13년 전의 공기일까요. 세 번 접힌 편지지에 동그란 글씨가 빽빽하게 이어졌어요.

요시, 건강하게 잘 지내고 있니?

이 편지를 읽을 무렵이면 요시가 그 집에서 지내고, 건강하고, 나를 향한 분노도 조금은 진정되었을 거라고 나 좋을 대로 생각하고 있어.

분노가 가라앉지 않았어도 괜찮아. 이걸 읽어주면 좋겠어. 이제 와 편지를 써서 요시의 기분을 거스르기는 싫지만, 미안한 감정이 너무도 커서 이대로는 견딜 수 없을 것 같아. 이렇게 편지로 내 감정을 전해 조금이라도 마음을 달래고자 펜을 들었어.

먼저 병 때문에 동생인 너에게 크나큰 폐를 끼친 걸 사과하고 싶어. 정말 미안해.

너는 병 핑계를 대며 도망친다고, 변명이나 한다고 생각할지도 모르겠어. 왜냐하면 어려서부터 나는 너에게 폐만 끼쳤으니까. 병이라고 치부할 수 없는 일도 잔뜩, 잔뜩 했으니까.

중학교 때는 밤에 길거리에서 어른에게 혼난 적이 있어.

아버지는 나보고 멍청하다고 호통을 쳤고 어머니는 나를 무시했어. 야단맞는 것보다 괴로운 건 관심을 주지 않는 거였어. 어머니는 나를 걱정하는 데 질려서 내가 싫어졌겠지. 어느 시기부터는 눈도 마주치지 않았어.

요시는 늘 칭찬받았지. 귀엽고 머리도 좋으니까. 세 살 어린 너는 뭐든지 잘했어. 머리도 마음도 외모도 뛰어났어.

나는 요시 너를 좋아했어. 네가 태어났을 때를 선명히 기억해. 어머니가 너를 소중하게 안고 병원에서 집으로 돌아왔어. 내게 "네 여동생이란다"라고 말하며 만지게 해주셨어. 아버지도 어머니도 그때는 다정했어.

아기인 너는 잘 울었어. 어머니가 힘들어 보였지.

나는 우는 네 입에 사탕을 넣어주었어. 내가 좋아하는 노란 사탕이고 레몬 맛이었어. 네가 웃어주길 바랐어. 어머니가 푹 자길 바랐어. 그런데 큰일이 터졌어. 구급차가 오고 엄청난 소동이 벌어졌어.

그때는 그렇게까지 호되게 혼나지 않았어. 나도 어렸으니까 기억하지 못할 수도 있겠다. 아마 나는 그것 말고도 비슷한 일을 잔뜩 했겠지. 나를 보는 아버지와 어머니의 눈빛이 점점 달라졌어.

나는 요시 너를 좋아했어. 친구보다 좋아했어. 내가 아는 사람 중에 제일 좋아했어. 물론 나 자신보다 더 좋아했어. 머리가 좋고 귀여운 너는 그냥 있기만 해도 주변을 행복하게 해줬어. 너는 정말 착한 아이여서 언니, 언니, 하며 나랑 같이 있고 싶어 했어. 네가 나와 있고 싶어 한 덕분에 간신히 내 자리가 있는 거나 마찬가지였어.

나는 고등학교에 다니던 도중에 가출했어. 남자랑 도망쳐서 같이 살았지. 그 사람과는 2년 만에 헤어졌어. 그 사람에게는 가정이 있었거든. 나는 어쩔 수 없이 집에 돌아왔는데 아버지에게 혼나서 다시 집에서 나왔어.

너는 몰랐겠지만 나는 몇 번이나 집에 돌아갔어. 아버지는 요시 네게 접근하지 말라며 그때마다 나를 쫓아냈어.

세월이 흘렀어. 돈이 부족하면 집에 돌아갔어. 아버지는 화를 내면서도 돈을 줬어. 접근하지 말라고 하면서 돈을 줬어.

어느 날, 오랜만에 집에 돌아갔더니 아버지도 어머니도

위패가 되어 있어서 놀랐어. 정년퇴직을 축하하며 부부 동반 해외여행을 갔다가 선박 사고로 돌아가신 걸 그때 알았지. 나는 제일 먼저 요시 네가 살아 있어서 다행이라고 생각했어. 너는 신용금고에서 일하는 회사원이었고, 눈부신 미인이었고, 나와 다시 만나 진심으로 좋아했지. 나는 기뻤어.

썩 나가라고 혼내던 아버지가 떠나고 언니, 언니, 하며 따라주는 다정한 너와의 생활이 시작됐어.

당시 너는 스물다섯 살, 나는 스물여덟 살이었어.

너는 직장에 사귀는 사람이 있고, 약혼 직전이라고 했어. 매일 밤 자기 전에 그날 하루가 어땠는지 말하곤 했지. 내 인생에서 가장 행복한 시간이었어.

우리에게는 아버지와 어머니가 남겨준 돈이 어느 정도 있었어. 집도 물려받았고 네 월급도 있으니 충분히 생활할 수 있었어. 그래도 혼자 빈둥거리는 건 성미에 맞지 않아서 나도 일하고 싶다고 하자 네가 아르바이트할 곳을 소개해줬어. 신용금고 거래처인 동네 마트였지. 성실하게 일했는데 너만큼 벌지는 못했어. 나는 소비 기한이 지난 반찬이나 팔리지 않아서 반품 직전인 통조림을 팔아치웠어. 너만 돈을 벌게 해서 미안하다고 생각했거든.

가게 사람에게 들켜서 해고됐어. 네가 싹싹 빌어서 경찰까지 오진 않았지. 너에 대한 신뢰가 워낙 두터워서인지, 내 불찰로 신용금고에서 잘리지 않아서 안도했어.

너는 나를 탓하지 않았지만, 나는 너무도 면목이 없었어. 언제부터인가 너는 남자 친구 이야기를 하지 않았어. 그게 나는 마음에 걸렸어. 틀림없이 나 때문이겠지.

내가 다시 일하고 싶다고 하자 너는 "언니는 집안일을 해 줘"라며 현금카드를 줬어. 물론 그건 생활비로 써야 하는 돈 이었어.

그때부터 내 쇼핑이 시작됐어. 처음에는 고기나 채소처 럼 필요한 것을 샀는데, 그러다가 백화점에 가서 옷이나 가 방이나 시계를 샀어. 사고서는 들키면 안 되니까 벽장에 넣 어뒀어. 나는 그것들을 쓰지 않았으니 너는 알아차리지 못 했지.

어느 날, 네가 카드 명세서를 보고 깜짝 놀랐어. 그러더니 벽장을 들여다보고 더욱 놀란 것 같았어.

"이런 게 왜 필요해? 일도 안 하면서 왜 이렇게 사? 내 월 급이 어디서 솟아나는 줄 알아?"

처음으로 네게 혼나자, 아버지의 호통 소리가 들린 것 같았 어. 네가 나빴던 게 아니야. 내가 나빴지. 알고 있으면서도 나는 점점 더 쇼핑을 그만두지 못했는데, 어느 날 네가 말했어.

"파산이야, 이제 아무것도 못 사."

너는 울었어. 화를 내는 것보다 그게 더 괴로웠어.

아버지가 옳았어. 요시, 네가 실수했어. 나를 집에 들여선 안 됐어. 나와 살면 안 됐어.

나는 쇼핑을 그만두지 못했어. 왜냐하면 전혀 갖고 싶지 않았으니까. 왜 사는지 나도 몰라서 그만두지 못했어.

"요시, 나 잠깐 다녀올게."

나는 그 말을 남기고 집에서 나왔어. 네 인생을 망가뜨리는 게 두려웠어.

나는 옛 지인에게 의지해 북쪽으로 가고, 남쪽으로 가고, 이쪽저쪽을 어슬렁거렸어. 주변에 잔뜩 폐를 끼친 끝에 결혼했지. 놀랐지? 나도 놀랐어. 결혼 상대는 의사 선생님이었어. 알코올의존증 치료를 받다가 만났어. 나는 쇼핑의존증에 알코올의존증이 더해졌고, 빈집에 멋대로 들어가서 살다가 경범죄로 체포되어 의료교도소에 보내진 상황이었으니 최악의 밑바닥에서 부처님과 만난 셈이야.

상대는 열 살이나 연상에 아내와는 사별했고 지금은 나를 완치시키는 걸 임무라고 생각하는 사람이야. 둘 다 나이가 많아서 식은 올리지 않았고 자식들이 반대해서 혼인신고도 하지 않았어. 집행유예인 몸이지만 같이 살고 있어. 결혼했다는 건 나와 남편의 생각이야. 어쩌면 나 혼자 멋대로 생각한 걸지도 몰라. 내가 결혼이라니 말도 안 돼. 착각인 쪽이 훨씬 더 현실성 있지. 나는 결혼했다고 생각한다고 보고할게.

네게 사죄하고 현재 내 상태를 알리고 싶어서 편지를 써. 어렸을 때는 작문을 단 한 장도 하지 않아서 매번 복도에 서는 벌을 받았던 나야. 이렇게 긴 편지를 쓰다니 대단하지 않니? 몇 번이나 다시 쓰고 남편에게도 조언을 받았어. 남편이 너와 만나고 싶다고 하네.

나는 아직 나를 믿지 못해서 너를 만나러 갈 수 없어. 아버지가 너에게 폐를 끼치지 말라고 그렇게 당부했는데 결국 엄청난 폐를 끼쳤고, 너에게 갔다가는 원래의 나로 돌아갈 것 같아서 무서워.

만약 네가 나를 용서했고 만나도 괜찮다고 생각한다면 놀러 와. 여기는 엄격한 감시자(아마도 남편)도 있으니 너에게 폐를 끼칠 일은 절대로 없을 거야. 지금이 아니라도 괜찮아. 언젠가 너와 만날 수 있으면 좋겠어.

나를 평생 용서하지 않아도 돼. 이건 내가 나를 위해 쓴 사죄의 편지니까. 내가 조금이나마 편해지기 위해 썼을 뿐이야. 설령 읽어주지 않더라도 내 마음은 편해졌어.

마지막으로 하나만.

요시가 행복하게 사는 게 내 바람이야.

나는 눈물을 흘리며 끝까지 읽었어요.

잊었던 과거가 눈앞에 펼쳐졌어요. 마지막으로 남은 커다란 뚜껑을 언니가 열어주었어요.

쇼핑의존증이었던 사람은 언니였어요. 기억이 교체됐어요. 벽장 안의 물건은 전부 언니가 산 것이었어요. 그러니 정리하면서도 전혀 기억하지 못했군요. 100엔 상품은 스스로 쇼핑의존증이라고 믿었던 내가 생활이 무너지지 않게 법률을 제정해 나 자신을 묶어두었던 거예요.

그래도 언니, 피는 속일 수 없어요. 나는 쇼핑의존증 기질이 있어요. 매일 꼭 세 개를 사야 했어요. 그건 아마 언니가 고급품을 살 때의 기분과 같았겠죠.

원하는 건 그게 아니었어요. 그러니 사도 사도 만족하지 못했어요.

부모님에게 미움받았던 언니.

내 기억에도 언니는 어려서부터 부모님에게 자주 혼났어요. 여동생인 내가 보기에 언니는 아주 조금 어수룩하고, 아주 조금 생각이 부족할 뿐이었어요. 부모님은 언니를 심하게 혼냈죠. 첫째라 너무 큰 기대를 걸었는지도 몰라요. 가족도 상성이란 게 있을지도 모르고요.

언니는 부모님이 바라는 아이가 아니었어요. 나는 둘째여서 이상향을 강요받지 않았고, 언니를 봤으니까 어떻게 하면 혼나지 않는지 알고 잘 대처했을 거예요.

언니는 혼나다가 단점이 더욱 커진 것 같아요. 부모님이 하는 말에 끌려갔다고 생각해요. 무능력한 아이라는 소리를 들으면 무능력하게, 멍청한 아이라는 소리를 들으면 멍청하게. 마음은 거부해도 몸이 그쪽으로 끌려가는 것 아닐까요. 부모의 말에는 마법 같은 힘이 있어서 자식을 지배하는 법이에요.

부모님은 지극히 평범하고 성실한 분들이었어요. 아버지는 과자 제조사의 사원이었고 어머니는 때때로 파트타이머로 일하는 주부였어요. 도둑질을 하거나 남에게 위해를 가하는 사람들은 아니었어요. 언니에게도 체벌한 적은 없었죠. 밥도 잘 챙겨줬고 나와 언니에게 반찬 가짓수를 차별해서 주지도 않았어요. 그저 언니를 형편없는 아이라고 믿어버렸어요. 그게 문제였어요. 나라의 법률은 지키는 사람들이었지만, 부모로서는, 또 언니에게는 악인이라고 해도 될 존재였을지도요.

부모님은 벌을 받은 것처럼 사고로 돌아가셨고, 그때를

계기로 언니가 집에 돌아왔어요. 내게는 다정했던 부모님이 돌아가셔서 충격이었고, 나는 갑자기 혼자가 되어 쓸쓸했으니 언니와 재회해서 기뻤어요.

나는 어려서부터 언니를 좋아했어요. 언니는 여동생인 내게 늘 다정했고 실수를 대신 뒤집어쓰는 면도 있었어요. 어머니가 시킨 심부름을 하고 돌아오다가 거스름돈을 길에 흘렸을 때, 언니는 어머니에게 자기가 썼다고 말했죠. 야단맞는 데 익숙해서 괜찮다고 했어요. 어머니는 언니를 노려보고 포기했다는 표정으로 고개를 홱 돌렸어요. 나는 거짓말이 괴로워서 울었어요.

나는 언니의 장점을 알고 있었어요. 그렇지만 내가 언니를 칭찬하는 건 긁어 부스럼이 되었어요. 아버지는 "요시노는 착한 아이구나"라며 내 머리를 쓰다듬었죠.

언니는 병이었던 거예요. 의사에게 데려가야 했어요. 그걸 모르고 카드 명세서를 보고 새파랗게 질린 나는 언니에게 화를 내고 야단을 쳤어요. 그래요, 나는 야단맞는 쪽이 아니라 야단치는 쪽이었어요. 기억이 완전히 뒤바뀌었어요.

그때 언니의 눈은 슬퍼 보였어요. 자기가 잘못했다고 자각한 사람의 눈이었어요.

그렇게 언니는 집을 나갔어요.

그때와 그 후의 일은 기억이 모호해요.

언니를 쫓아낸 죄책감 때문에 그런 일들을 머리에서 지웠을지도 몰라요. 언니가 나간 건 내가 마흔 살이었을 때예요.

언니, 결혼 축하해요. 파트너를 찾아서 다행이에요. 내가 결혼하지 못한 건 언니 때문이 아니에요. 몇 번인가 기회는 있었는데 거기까지는 인연이 아니었어요. 젊어서는 독신으로 고령자가 되리라고는 예상하지 못했는데, 나로서는 무리하지 않고 자연스럽게 산 결과라는 생각이에요.

이 편지가 우리 집에 온 건 내가 예순이 되었을 때예요. 신용금고에서 정년까지 일하고 퇴직한 상태였죠. 언니가 나간 뒤 돈을 모았고 퇴직금도 들어오니 노후는 불안정하지 않겠다고 짐작했어요. 그 타이밍에 편지가 와서 두려운 마음에 읽지 못했어요. 돈을 달라는 편지면 어쩌나 두렵기도 했죠. 언니를 버린 죄책감도 있었고, 그때 이후로 언니의 인생은 분명 떨어질 대로 떨어졌다고 생각했으니 진실을 들추는 것이 두려웠어요. 내가 손에 넣은 안정적인 노후를 빼앗기기 싫었어요.

편지를 맡겼지만 한 달 뒤에 찾을 생각이었어요. 분명 그럴 생각이었어요.

나는 기억장애가 있어요. 퇴직한 뒤로 조금씩 증상이 나타나기 시작했어요. 그런 탓에 생활이 흐트러져서 보관가게에 가는 걸 잊어버린 채 13년이 지났어요. 보관가게의 존재조차 잊은 13년이에요.

그래도 나는 지금이어서 다행이라고 생각해요. 13년 전의 나였다면 언니의 편지를 믿지 못하고 '결혼했다'는 건 거짓말이라고 여겼겠죠. 그래도 지금의 나는 언니의 결혼을 믿을 수 있어요. 상대가 그렇게 생각하지 않더라도 언니가 그렇게 생각한다면 나도 그렇게 생각하고 진심으로 "축하해"라고 말할 수 있어요.

봉봉봉봉봉봉, 벽시계가 열두 번 울렸어요.

아직 가게 주인은 돌아오지 않아요. 언뜻 보니 찻잔 옆에 노란 탱탱볼이 놓여 있었어요. 편지에 열중해서 알아차리지 못했어요.

니코니코당에서 마지막으로 산 탱탱볼. 이것만은 찾아가고 싶은 마음이 있었어요. 손에서 미끄러지고 튕겨 오르고 굴러가서 내 마음대로 안 되니 생기는 애증.

있죠, 언니.

아버지와 어머니에게 언니는 탱탱볼이지 않았을까요. 언니의 행동은 예측 불가능해서, 속이 후련해지는 게 아니라 화들짝 놀라는 심경이어서 늘 조마조마했던 것 아닐까요. 지금

하늘 위에서 두 분이 마음을 쓰는 쪽은 내가 아니라 언니 아닐까요.

나는 차를 다 마셨어요. 식어도 맛있는 차였어요. 편지를 소중하게 쇼핑 바구니에 담고 탱탱볼을 움켜쥐고 가게에서 나왔어요.

양산을 쓰지 않고 뜨거운 여름 햇볕 아래를 걸었어요.

기다려요, 언니. 내가 갈 테니까. 하고 싶은 말이 아주 많아요. 언니는 이제 일흔여섯 살. 남편은 어떤 사람일까. 만나고 싶어요. 어쩌면 지금은 언니도 혼자 살지 모르죠. 그렇다면 돌아와요. 같이 살아요.

나는 걸음을 멈추고 손에 움켜쥔 탱탱볼을 바라보았어요. 언니가 내 입에 넣었다는 사탕도 이 정도 크기였을까요.

바보네요, 언니.

지금의 나라면 목이 막히지 않을 테니까요. 남은 인생, 수다나 떨며 지내면 어떨까요?

언니는 탱탱볼이니까 벌써 어디론가 날아갔을까요.

나는 크게 숨을 들이쉬고 탱탱볼을 있는 힘껏 바닥에 던졌어요.

화가 난 것처럼 튕겨 오른 언니는 여름 하늘로 높이 날아가 태양과 포개졌어요.

내 눈이 자연스레 가늘어졌어요.

눈부신 여름이에요.

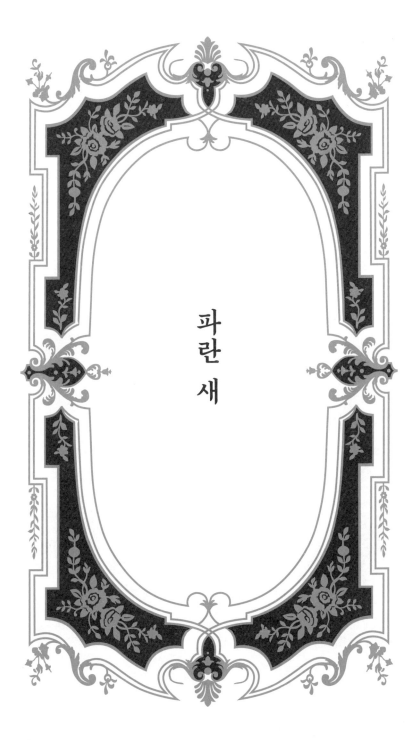

파란새

오늘도 가게에 포렴이 걸리지 않았다.

입구 미닫이문도 꽉 닫혀 있다. 고정된 채광창으로 가게 안을 간신히 들여다본다. 마루에는 좌식 책상. 방석이 두 개. 여기에서는 보이지 않는데 앞쪽에는 유리 진열장이 있고 그 안에 오르골과 책이 놓여 있다.

너는 오늘도 없구나.

도대체 어디에 간 거니?

"저기 봐" 하고 산딸나무가 나를 놀리며 말했다.

"네가 가장 사라졌으면 하고 바라는 하얀 고양이가 보관 가게 지붕에서 이쪽을 노려보고 있어."

알고 있다. 너는 없고 저 녀석만 있네. 그래서 나는 기분이 바닥을 쳤다.

하얀 고양이가 하품했다. 고양이는 하품하면 마지막에 웃는 얼굴이 된다. 그래서 나를 비웃는 것처럼 보인다.

예전부터 나는 의아했다. 네가 왜 저 품위 없고 우둔한 고양이를 쫓아내지 않고 밥까지 주는지. 너는 아주 근면하다. 반대로 저 고양이는 다리가 네 개나 있으면서 데굴데굴 잠만 자는 게으름뱅이 아닌가.

잊을 수도 없는 2년 전 일이다.

가게 입구에서 너를 위해 노래를 부르는데 저 녀석이 튀어나왔다. 조금 전까지 누워 있었으면서. 방심하게 하고선. 밉살스럽고 야비한 고양이 같으니라고. 자칫하다 화살처럼 생긴 손톱에 살해당할 뻔했다. 내가 더 머리가 좋고 젊고 민첩해서 간신히 모면했지만.

고작 몇 초간 벌어진 일이니 너는 모르겠지. 왜냐하면 너는 눈이 보이지 않으니까.

그때 이후로 나는 골목을 사이에 둔 산딸나무의 높은 나뭇가지에서 너에게 노래를 들려주기로 했다. 산딸나무 가지는 가늘고 휘어져서 몸이 가벼운 나는 머물 수 있어도 쓸데없이 무거운 하얀 고양이는 위까지 올라오지 못한다.

피로피로, 필릴리리리리….

아름다운 사람아

거짓도 허영도 없이 투명한 영혼아

그 청아함으로 나를 씻어주렴

이 세상 전부를 씻어주렴

너는 내 노래로 눈을 뜨고

날갯짓 소리로 잠들어다오

목숨 있는 한 노래하리라 네게 바치는 노래

너는 늘 마루 안쪽에서 책을 읽는 손을 잠깐 멈추고 내 노래를 들어주었지. 너와 나는 마음이 통했어. 영혼의 친구야. 너는 내게 말을 걸지 않지만 그래도 좋아. 나에게 노래란 사랑하는 것이고, 노래를 들어주는 건 사랑받는 것이니까.

오늘은 노래하지 못한다. 어제도 그랬다. 그제도 그랬다. 벌써 사흘이나 너는 모습을 보이지 않는다.

세일러복을 입은 여자가 걸어왔다.

덜컹덜컹, 힘으로 미닫이문을 열려고 한다. 열쇠로 잠긴 것을 알고 "어…"라며 불만스러운 소리를 냈다. 포렴이 걸려 있지 않으니 쉬는 날인 게 당연한데 크게 낙담했는지 미닫이문 하단을 걸어찼다. 가볍게, 살짝, 이라지만 차는 건 아

니지 않나? 품위가 없다. 하단에는 조그맣게 고양이 전용
문이 달렸는데 그게 달랑달랑 흔들렸다. 이왕이면 고양이를
걷어차라.

"핏, 핏(걷어차야 할 고양이는 지붕 위에 있어)!" 나는 외
쳤다.

여자가 이쪽을 봤다. 나를 본 건 아닐 것이다. 연분홍빛
산딸나무의 꽃이 만개했으니까. 그걸 넋을 잃고 보는 모양이
다. 여자는 생각보다 생긴 게 귀여웠다.

산딸나무꽃에는 사람을 바꿔주는 힘이 있을지도 모른다.

걷어차는 아이를 사랑스러운 아이로 바꿔주는 힘이.

인간은 대부분 산딸나무를 좋아한다. 다만 꽃이 피는 기
간만 그렇다. 줄기는 가늘고 잎은 평범하고 그늘도 만들지 못
한다. 가을이면 잎이 물들고 빨간 열매도 나는데 단풍처럼 보
기 좋진 않아서 기간 한정의 인기 스타다.

여자는 산딸나무를 바라보며 보관가게를 등지고 쪼그려
앉았다.

나는 배가 고팠다. 여자가 신경 쓰였지만 일단 공원으로
날아갔다. 바로 앞인 아시타마치 공원이다. 아담한 공간인데
식량이 풍부하다. 개미와 진디를 후딱 먹어 배를 채우고 다시
보관가게 앞으로 돌아왔다.

여자는 여전히 그 자리에 있었다. 엉덩이를 땅에 대고 앉아 다리를 뻗어 허벅지 위에 학생 가방을 올리고는 그 위에 하얀 종이를 얹고서 뭔가에 열중하고 있었다.

"아니, 얘가! 이런 데서 뭐 하는 거니, 여자애가!"

아이자와 씨가 왔다. 너에게 점자책을 가져다주는 아줌마다. 아이자와 씨는 너에게 친절하니 나도 호감이 있다.

여자는 반항적인 눈으로 아이자와 씨를 올려다보더니 대놓고 짜증 난다는 태도로 일어났다. 가방은 그냥 땅바닥에 내려놓았다.

"뭔가 맡기러 왔니?"

아이자와 씨가 물어보며 가방을 들어 흙을 털었다. 옆에서 보면 엄마 같은 행동이다. 혼내는 게 아닌 걸 알고 여자가 안심한 표정을 지었는데, 그러자 얼굴이 대번 또 귀여워졌다.

"오늘은 쉬나요?"

여자가 얌전한 말투로 물었다. 아까 문을 걷어찬 태도와는 전혀 다르다.

아이자와 씨가 "그러니까 내가 뭐랬어!" 하고 큰소리를 쳤다. 여자는 움찔 어깨를 떨며 한 걸음 물러섰다. 나도 움츠러들었고 지붕 위 하얀 고양이는 사라졌다. 겁쟁이.

아이자와 씨가 가게를 노려보며 말했다.

"그러니까 내가 항상 휴무일을 제대로 정해둬야 한다고 기리시마 군한테 말했는데 말이야. 입에서 짠맛이 나도록. 응?"

아이자와 씨는 실수를 깨달았는지 적당한 말을 찾았다. 여자가 도와주었다.

"입에서 신물이 나도록?"

"그래, 그거!"

아이자와 씨가 기세 좋게 말했다.

"그러지 않으면 손님들은 모르잖아? 곤란해, 정말이지!"

"여기 정기 휴무일이 없나요?"

"그렇다니까."

아이자와 씨는 물어봐줘서 고맙다는 표정을 짓고 가방을 여자에게 건넸다.

"부정기 휴무라고 해야 하나? 쉬기는 하는 것 같아. 보관품을 찾으러 오는 기한이 있지? 거기에 해당하지 않는 날이 달에 몇 번인가 있대. 그때를 골라 쉬는 모양이야."

"오늘은 그 부정기 휴무일인가요?"

아이자와 씨가 심각한 표정으로 고개를 저었다.

"요 며칠은 그것과 별개의 사정이 있어. 설명하진 못하지만 내가 열쇠를 대신 맡았지."

"여기 점원이세요?"

"나? 아니, 자원봉사로 점자를 치는 사람이야."

"점자?"

"뭐, 아는 사람이라고 해야겠지. 집을 비운 동안 사장님의 밥을 주러 하루에 한 번씩 와."

"사장님? 그러면 지금 돌아오시나요? 사장님이요."

"미안, 사장님은 하얀 고양이의 이름."

"아아, 고양이가 있죠."

여자가 지붕 위를 올려다보았다. 그러나 겁쟁이 고양이는 거기에 없었다.

"저 고양이 이름이 사장님이야. 너, 숙제하면서 기다린 거지? 오늘은 가게를 열지 않으니까 집에 가는 게 좋겠어."

여자가 곤란한 표정을 지었다.

아이자와 씨는 열쇠를 꽂아 미닫이문을 열며 힐끔 여자를 보더니 "들어올래?" 하고 말을 걸었다.

"나는 이제부터 사장님에게 밥을 주고 물을 갈고 환기를 할 테니까 그동안 마루에 있는 좌식 책상에서 숙제를 하면 어떠니?"

"그래도 돼요?"

"당연히 되지. 차라도 끓여줄게. 느긋하게 있어도 돼. 그리고 보관품은, 그러네, 내일모레. 그래, 내일모레 들르럼. 내일모레면 기리시마 군이 돌아왔을 거야."

"기리시마 군?"

"가게 주인이야. 얼굴이 갸름한 오빠. 그 사람을 기다린 거지?"

여자는 기쁜 표정으로 마루 위로 올라갔다. 신발을 가지런히 정리하지 않고 대충 벗고 올라가서 아이자와 씨가 "얘가!" 하고 주의를 줬는데 순순히 죄송하다고 하며 정리했다. 여자는 나쁜 아이가 아니라 가르쳐줄 어른이 없을지도 모른다. 문을 차면 안 된다거나, 골목에 엉덩이를 깔고 앉으면 안 된다는 걸.

나는 울었다.

피로피로, 필릴리리리리…….

네가 내일모레 돌아온다는 걸 알고 기뻐서 울었다.

피로피로, 필릴리리리리…….

숙제를 시작한 여자가 이쪽을 봤다.

"와, 아줌마, 저기 봐요, 파란 새!"

어느새 돌아온 하얀 고양이에게 밥을 주던 아이자와 씨가 나를 봤다.

"한참 전부터 있었어요, 저 파란 새. 한 번 사라졌다가 다시 왔어요." 여자가 말했다.

산딸나무가 아니라 나를 보고 있었구나.

"저건 유리딱새야." 아이자와 씨가 말했다.

"유리딱새?"

"참새의 친척 같은 새야. 따뜻해지면 보통 산으로 가는데 무슨 일일까?"

"예쁜 새예요! 이름도 예쁘다."

여자가 턱을 괴고 나를 바라보았다.

아이자와 씨가 고개를 끄덕였다.

"유리딱새 수컷이야. 암컷은 색이 수수하거든. 수컷도 어려서는 색이 좀 칙칙한데, 나이를 먹으면 저렇게 파란색이 많아져."

"아줌마, 새 전문가예요?"

"얼마 전에 생물에 관한 책을 읽었거든. 점역했어."

"점역?"

"눈이 보이지 않는 사람을 위해 점자로 만드는 거야. 생물에 관한 책을 점역하다가 흥미가 생겼어. 요즘은 새 도감을 읽기도 해. 저 유리딱새를 보렴. 저렇게 파랗다면 아마 네 살쯤 되지 않았을까?"

"색으로 나이를 알아요?"

"유리딱새의 수명은 4년 정도래. 수컷은 색이 점점 선명해지다가 가장 아름다운 모습이 되었을 때 죽는다더라."

"말도 안 돼요."

여자가 고개를 저었다.

"저 유리딱새, 아직 한창인 듯 보이는걸요. 이제부터라는 느낌이에요. 죽을 것 같지 않아요. 아줌마, 도감을 다시 읽는 게 좋겠어요."

아이자와 씨는 "애가 말하는 것 좀 봐"라고 황당해하면서도 "내 기억이 틀렸을지도?"라고 중얼거리며 차를 끓이러 안으로 들어갔다.

여자는 턱을 괴고 나를 정신없이 바라보았다.

피로피로, 필릴리리리리….

피로피로, 필릴리리리리….

오늘은 이 아이를 위해 노래해야지.

피로피로, 필릴리리리리….

피로피로, 필릴리리리리….

가게 주인은 나의 파란색을 모른다. 아름다운 모습도 알 수 없다. 그러니 내 수명도 모르고 아무 선입견 없이 내 노래만 받아들인다.

피로피로, 필릴리리리리….

피로피로, 필릴리리리리….

나는 계속 노래했다.

너와 만날 내일모레를 기대하며.

똑딱똑딱 똑딱이

"사토다 선생님, 시선을 이쪽으로 향해주세요."

찰칵찰칵 찰칵찰칵!

눈부신 빛이 쏟아져도 나는 괜찮지만 이 녀석은 괜찮을지, 이 빛을 견딜 수 있을지 걱정했는데, 아니 웃고 있잖아?

사토다는 분명 눈이 부시는 걸 싫어했다. 방 커튼을 한 번도 젖히지 않고 1년 내내 방에 틀어박혀 빛을 받지 않은 채 두더지처럼 살았다. 그게 사토다 누루마다.

웃는 척하며 눈을 감고 있나?

사토다의 머리카락은 흰색과 검은색이 섞였다. 네모난 얼굴 중앙의 땅딸막한 코, 그 아래에도 턱에도 회색빛 수염이 났다. 두툼한 입술은 웬일로 헤실헤실하며 담뱃진에 누래진이를 드러냈다.

대모갑* 안경은 노안경이다. 작가이면서 시력이 좋은 걸 수치스러워한 사토다는 쉰 살이 넘어 드디어 안경이 필요해지자 흡족해했다. 복장은 특징 없는 하얀 셔츠와 청바지인데, 실은 이날을 위해 엄선한 셔츠와 청바지다. 새로 산 건 아니고 여러 번 빨아서 구깃구깃하다. 집필 중에 전화를 받고 허둥지둥 달려온 모양새를 있는 힘껏 연기한다.

의외로 자잘하게 신경 쓰는 남자. 그것이 사토다 누루마다.

"제일 먼저 누구에게 기쁨을 전하고 싶으십니까?"

"먼저 떠난 유코에게요."

그렇게 대답한 사람은 사토다 옆에 선 젊고 아름다운 여성이다.

그녀는 호감도 최고인 하얀 정장을 입었다. 수상 소식을 애타게 기다렸고 대단한 영광으로 생각한다는 기특한 마음을 복장으로 나타냈다. 큐티클이 건강한 까만 긴 머리. 화장은 자연스럽고 피부는 삶은 달걀 같다. 아마도 사토다의 절반밖에 안 살았을 테니 세포가 생생할 것이다.

---

* 　매부리바다거북의 등과 배를 싸고 있는 껍데기. 장식품이나 공예품을 만드는 데 사용된다.

그녀는 먼저 떠난 친구에게 긴긴 편지를 썼다. 편지를 읽은 친구의 모친이 "이건 세상에 내보내야 해"라며 힘을 줬다. 친구를 공양하는 마음으로 소설을 새로 써서 문학상에 응모했다고 한다. 거기에서 가작으로 입선하여 잡지에 실리고, 그게 아쿠타가와상에 선정되었다. 인상적인 응모 이유, 게다가 능력 있는 미인. 내 생각에 상은 실력이 절반이고 운이 절반이다. 그녀는 하여간 아름답다. 미인은 운을 끌어들인다.

카메라 플래시는 대놓고 그녀에게 쏠렸는데, 물론 공동 수상이니 사토다에게도 쏟아졌다. 사토다는 데뷔 30주년을 맞이한 중견작가다. 이름은 별로 알려지지 않았다. 그다지 인기가 없던 30년이다.

"사토다 선생님은 누구에게 보고하고 싶으십니까?"

덤처럼 묻는 질문에 사토다는 히죽거리던 입을 다물고 생각에 잠겼다. 나는 이미 한 남자를 떠올렸고, 사토다도 그럴 것이다. 다만 사토다는 그 남자의 이름을 몰랐다. 그래서 이렇게 말했다.

"청년 A에게."

바보냐, 그러면 꼭 범죄자 같잖아.

빛 세례를 받으며 나는 비 오던 그날을 떠올렸다.

아침부터 안개 같은 비가 쉴 새 없이 내렸다.

사토다는 카페에서 담배를 피우며 한 여자와 마주 앉아 있었다. 바깥의 습기가 카페 안까지 가득 차서 우울한 기분이 증폭됐다.

여자는 베이지색 블라우스를 입고, 눈이 번쩍 뜨일 만큼 테가 새빨간 안경을 쓰고, 넓은 이마에 주름을 잡아 표정을 찌푸린 채 팔짱을 꼈다.

나는 테이블 위에 놓여 있다. 사토다와 여자 사이에 있는 테이블이다. 가까운 거리에 커피 잔이 두 개, 물잔이 두 개 놓여 있다. 나는 연기煙氣에는 강하나 수분에는 터무니없이 약하다. 두 사람 다 흘리면 안 된다, 하고 조마조마하며 걱정했다. 여자는 나를 힐끔 봤지만 손에 들고 읽으려 하지 않았다.

나는 원고다. 소설가 사토다 누루마가 손으로 직접 쓴 원고다.

"약속과 다르잖아요."

여자가 말했다.

흡연석이 구분되지 않아 마음껏 담배를 피울 수 있는 카페에는 카운터 옆에 놓인 레코드플레이어에서 방해되지 않는 음량으로 「G선상의 아리아」가 흘러나왔다. 이 노래는 전 세계에서 사랑받는다. 허름한 아저씨인 사토다도 좁은 방에서 자주 듣는다. 그래서 나도 몇 번이나 들었다. 좋은 음악이라고 생각한다. 트집 잡을 구석이 없다. 그런데 동시에 '나쁜 예감이 드는데'라는 생각도 든다.

이 음악을 배경으로 밝은 이야기가 이어지리라곤 상상하기 어렵다.

저거 봐, 예상대로 여자의 표정이 험악하다.

"제가 받으러 온 건 원고예요."

무례하구나. 나도 훌륭한 원고라고.

여자는 존댓말을 쓰긴 했지만 말투가 대놓고 무례했는데, 위에서 짓누른다기보단 이쪽과 그쪽을 분리하는 듯한 매정함이 느껴져서 나는 '아하, 이제 사토다는 작가로서 끝났구나' 하고 생각했다.

여자는 대형 출판사의 편집자로, 사토다를 담당한 지 10년이 되었다. 야마시타라는 이름이 있지만 사토다는 BB라고 부른다. 뜻은 베이지색 블라우스가 아니라 뷰티풀 비스트다. 얼굴은 예쁜데 성격이 짐승처럼 별로라는 의미라고 한다. 나는 잘 모르겠다. 사토다의 굴절된 마음만은 짐작이 간다. BB는 그 말을 듣고 웃지도 않고 "황송하군요"라고 말했다. 뷰티풀은 고맙다고 하고 비스트는 흘려들은 모양이다. 즉 능력 있는 여자다.

"그러니까 원고 여기 있잖아."

사토다는 아직 긴 담배를 재떨이에 누르고 한 개비를 또 꺼내 100엔 라이터로 불을 붙였다. 상처받은 마음을 감추기 위해 무게를 잡는다.

"알았으니까 가지고 가."

무례함에는 무례함을 돌려주는 방침인가 보다.

분위기가 최악이다. 아리아가 문제다. 좀 더 유쾌한 곡은 없냐고. 「터키 행진곡」은 어때? 모차르트 말이야. 베토벤의 「터키 행진곡」은 안 된다. 처음에는 괜찮은데 점점 파멸로 향하는 냄새가 난다. 사견이지만.

그러나 카페는 아리아의 세계고, BB는 내게 손도 대려 하지 않았다.

"《똑딱똑딱 똑딱이》를 이 두 눈으로 보게 되는 날이 올 줄은 몰랐어요."

BB는 당장이라도 울 것 같은 표정을 지었다. 얼굴도 성격도 짐승이 되었다.

그래, 나는 《똑딱똑딱 똑딱이》라는 옛날이야기 같은 제목의 단편소설이다. 사토다와 알게 된 지도 어디 보자… 30년이나 되어간다. BB는 그걸 모른다. 사토다와 나만이 안다.

"악몽이에요."

BB는 간신히 목소리를 짜내고 눈에 눈물을 글썽였다.

울고 싶은 건 나거든.

사토다는 "마음에 안 드나 보군"이라고 말하며 한숨을 쉬었다. 내뿜는 담배 연기에 내 제목이 감겼다.

"읽지도 않았으면서."

나는 배알이 뒤틀렸다.

우리에게 배알이 없다고 생각하는 분, 원고는 배알로 이루어집니다. 찢으면 피도 나요. 그게 안 보이는 놈들은 부탁이니까 출판 일을 하지 마.

BB는 내 항의가 들리기라도 한 것처럼 기막힌 타이밍에 "읽을 것 같아요?" 하고 연기를 격퇴하듯 외쳤다. 그러더니 물잔을 붙잡았다. 으악, 나한테 뿌릴 건가 싶어 겁먹었다. 그러나 그녀는 물을 꿀꺽꿀꺽 마시고 이렇게 말했다.

"이건 포기한다는 신호잖아요. 업계에서 유명해요. 사토다 누루마의 《똑딱똑딱 똑딱이》는 곧 항복을 선언하는 백기라고. 글을 못 썼다는, 원고가 없다는 신호라고. 설마 그걸 제가, 이런 제가 받게 될 줄이야!"

BB가 마지막 말을 거의 내뱉어서 나는 그녀의 침을 뒤집어썼다. 사토다의 침보다는 훨씬 낫지만 뒤집어써서 기분이 좋진 않았다.

사토다는 "좋아할 줄 알았는데" 하고 중얼거렸다. 거짓말만 하는 남자가 가끔 본심을 드러내니 복잡해진다. 그걸 알아차릴 인간, 내가 보기엔 없을 거야.

BB는 사토다를 노려보았다.

"저를 뭐라고 생각하세요?"

그녀는 사토다에게서 담배를 빼앗아 재떨이에 뭉개더니 그 재떨이에 마시고 남은 물을 부었다.

"저는 10년간 선생님의 흡연 피해를 견뎠어요. 즉 폐암 리스크가 올라갔어요. 느린 집필 속도도 견뎠어요. 즉 스트레스 지수가 올라갔어요. 편집장의 압력을 견디고, 영업부의 싫은 소리도 견디고, 이제 출세는 꿈도 못 꿔요. 견디고 견디고 견디고, 오로지 선생님의 원고를 기다렸어요."

사토다는 벌레 씹은 표정을 지었다.

"제가 원하는 건 《형사 아멘보 교토에 가다》예요. 《형사 아멘보 고베에 가다》 이후로 벌써 3년이나 지났어요."

사토다는 지겹다는 표정으로 "팔리지 않는다고 한 건 그쪽이잖아"라고 말했다.

"네. 《형사 아멘보 고베에 가다》는 안 팔렸어요. 그래도 그 전작인 《형사 아멘보 오사카에 가다》는 팔렸죠. 시리즈로서 힘이 떨어지는 추세인 건 맞아요. 편집장도 영업부도 불평해요. 그래도 저는 《형사 아멘보》 시리즈에서 장래성을 느껴요. 솔직히 지금 당장 안 팔려도 돼요. 세월이 쌓이며 남는 작품이 되면요. 왜냐하면 저는 좋아하니까요."

"뭐라고?"

"작품 말이에요, 좋아하는 건! 선생님한테 포기 신호를 받았는데 기쁠 리 없잖아요?"

BB는 내게 손을 대면 패배라는 표정이었다.

사토다가 콧노래를 부르기 시작했다. 「G선상의 아리아」에 맞췄다. 자기 세계로 들어갔다. BB는 그게 대화 종료를 뜻한다는 걸 알았다.

BB가 안경을 벗고 손수건을 눈에 댔다.

확실히 미인이다. 데려가는 사람이 없는 게 신기할 정도다. 어지간히 성격이 나쁜 모양이다.

사토다는 콧노래를 그만두더니 나를 움켜쥐어 커다란 갈색 봉투에 넣고 낡은 가죽 가방 안에 집어넣었다.

"교토가 아니라 와카야마라도 괜찮나?"

BB가 순간 놀란 표정으로 손수건을 넣고 안경을 썼다. 그다지 능숙하지 않은 미소를 지었다.

"와카야마? 무대로는 조금 평범하네요."

"싫으면 안 써."

"좋아요! 와카야마로 써주세요. 취재는요?"

"직접 하지. 댁은 아카모리 겐고에게 달라붙어 있어."

사토다의 딱딱한 말투에 BB가 입을 다물었다.

역시 「G선상의 아리아」는 슬픈 상황을 만드는 액운의 곡이다.

사토다는 뚱한 표정으로 일어나 카페에서 나갔다.

사토다는 걸었다. 성큼성큼 걸었다.

아마 이 녀석은 이대로 파친코에 가겠지. 사토다에게는 소란이 필요하다. BB와의 대화를 기억에서 지우기 위한 소란이다. 나도 소란을 원한다.

언뜻 한 번 보고 나를 거부했다. 원고로서의 체면이 완전히 짓밟혔다. 물론 이런 일이 처음은 아니다. 사토다는 지금까지 조금 전과 같은 대화를 몇 번이나 반복했다.

그러나 이제까지 상대는 BB가 아니었다. BB는 우리에게 특별한 존재여서 '그녀라면' 하는 생각이 있었다. 그녀는 마지막 보루이자 목숨줄이었다. 하지만 슬프게도 '그녀도'였다.

아아, 기가 막혀. 시건방지긴. 파친코에 기댈 수밖에 없네.

그런데 파친코가 보이지 않는다. 사토다의 머리카락에서 물방울이 떨어졌다. 이 아저씨, 드디어 안개비를 깨달았는지

하늘을 올려다보았다. 구름이 두꺼워서 비가 그칠 것 같지 않은데 우산을 카페에 두고 왔다. 나는 가방 안이라 지금은 무사하지만, 이대로 계속 젖으면 위험하다. 그러니 어디서든 비를 피하면 좋겠다.

사토다는 가방을 가슴에 안고 어쩔 줄 모르고 멈춰 섰다. 어느새 그는 와본 적 없는 상점가에 있었다. 허름한 남자가 낮에 돌아다닐 곳이 아니다.

사토다는 쪽빛 포렴 아래를 지났다. 제일 가깝고 문이 열려 있었기 때문이다.

가게 안에는 유리 진열장이 있었는데 상품 같은 것은 없고 책 한 권과 오래된 오르골이 놓여 있었다. 책은 《어린 왕자》였다.

사토다가 그리운 표정을 지었다.

가게 분위기로 보아 고물상인 줄 알았는데 그렇다기에는 물건이 너무 적었다. 마루에는 하얀 고양이가 몸을 만 채로 사토다는 거들떠보지도 않았다. 박제처럼 보이기도 했지만 하품을 했다. 그러고 보니 고양이 박제는 본 적이 없다. 윤리적으로 허용되지 않는 걸까. 그러면 왜 너구리나 늑대는 허용될까.

마루 구석에 놓인 좌식 책상에는 두툼한 종이 다발이 있었다. 사토다는 그게 점자책인 걸 알았으리라. 전에 주인공 친구로 시각장애인이 나오는 로드 미스터리를 쓴 적이 있다. 그때 점자에 관한 지식을 쌓았다. 직접 쳐본 적도 있다. 어깨가 결리는 작업이었다.

"어서 오세요."

안에서 사람이 나왔다. 키가 큰 청년이다.

"자, 마루로 올라오세요."

"음."

사토다는 여기가 무슨 가게인지도 모르고 시키는 대로 신발을 벗고 올라갔다.

소란과는 정반대인 정적인 가게다. 사토다는 청년이 내민 수건을 "이거 송구하군"이라며 마치 무사 같은 대사와 함께 받고 가방을 닦았다. 자기보다 가방이 먼저다. 소중한 내가 있으니까.

나는 사토다의 백기가 아니다. 오히려 선전포고다. 출판계에 하는 선전포고다. 아니, 그런 사소한 수준이 아니다. 세상에 하는, 인생에 하는, 사토다 자기 자신에게 하는 선전포고다.

왜 편집자들은 그걸 알아차리지 못할까?

사토다 누루마라는 작가는 출판계가 보기에 아무래도 좋

은 존재일까.

"비가 도무지 그치질 않네요." 청년이 말했다.

"너는 아르바이트생인가?"

"아니요, 여기 주인입니다."

사토다가 호오, 하고 흥미롭다는 눈빛을 했다. 오래되어
보이는 가게인데 주인이 젊다.

"좌식 책상에 있는 건 점자책인가. 지금은 뭘 읽지?"

"《아버지의 모자父の帽子》입니다. 모리 마리*의."

사토다가 놀라워했다.

"호오! 에세이인가. 게다가 취향이 아주 고풍스러워. 모리
마리라니. 좋아하나?"

가게 주인이 고개를 저었다.

"점역하는 분이 고른 책입니다. 자원봉사로 해주시는 여
성분인데, 그분은 소설이라고 하셨어요. 에세이인가요? 듣고
보니 그런 것 같기도 하네요."

"《아버지의 모자》는 에세이로 분류돼. 그래도 메이지부터
쇼와 초기까지의 작가들은 사소설만 대량 생산한 경향이 있
으니까 뭐, 넓은 의미로 보면 소설이라고 생각해도 되겠군."

---

* 1903년 도쿄에서 태어난 소설가이자 에세이스트로, 일본 근대문학을 대표하는
소설가인 모리 오가이의 장녀.

사토다는 기분 좋을 때의 습관으로 점점 말이 많아졌다.

"그때는 사소설이야말로 소설로 보는 경향이 있어서, 그 외에는 그른 길이라고 한 단계 낮춰 보는 문단 사정도 있었다고 해. 아쿠타가와 류노스케*처럼 한 문장 한 문장 구성까지 만들어낸 작품이 지금처럼 평가받지 못했어. 만년에 아쿠타가와 본인은 자기 부정에 빠져 이야기성이 없는 작품을 꿈꾸고 시가 나오야**를 예찬하는 쪽으로 돌아섰지. 실제로 정말 시가를 존경했을까? 애초에 사소설은 좀 그래. 타인의 인생이나 개인적 감정의 나열을 뭐 얼마나 재미있게 읽을 수 있겠어. 게다가 창작을 부정하다니, 이야기를 부정하는 것과 같아."

"그렇군요."

사토다가 쏟아내는 제멋대로인 지식에 가게 주인은 순수하게 감탄한 것 같았다. 그러나 나는 좀 걱정이었다. 사토다의 속마음, 그 안쪽, 그래, 영혼에 아주 위험한 비틀림이 생기기 시작한 걸 느꼈기 때문이다.

나는 생각한다. 작가는 온갖 거짓말을 하며 이야기를 구축하지만, 영혼에 있어서는 거짓말을 하면 안 된다고. 작가는

---

* 1892년 도쿄에서 태어나 다이쇼 시대에 활약한, 일본 근대문학을 대표하는 소설가.

** 1883년 미야기현에서 태어난 일본 근대문학을 대표하는 소설가. 휴머니즘, 개인주의, 이상주의를 내건 문예사조 시라카바파의 중심 인물.

이 세상에서 가장 정직한 인간이어야 한다고 말이다.

"아니, 경향이니 뭐니 하는 건 아무래도 좋아. 읽는 사람은 신경 쓸 것 없지. 그래도 모리 마리는 말이야. 그 여자는 파더 콤플렉스야, 완전히. 뭐, 에세이 문체는 유머러스해서 좋지만, 탐미 소설 쪽은 아무래도 남자는 읽지 못하겠어."

사토다가 무심코 깎아내리려 한다. 그 기분을 모르는 건 아니다. 자기 이외의 작가는 모두 형편없다고 생각하지 않으면 해내지 못한다. 처음부터 세계를 구축하는 작가는 모두 자신을 신이라고 생각하고 계속 자부심을 느껴야 한다. 정직하면서 자부심이 대단하다. 인격 파탄자가 작가라는 존재다.

가게 주인은 "저는 아직 서두만 읽어서요"라고 말했다.

동의도 부정도 아닌 공정한 태도였다.

"아이자와 씨는… 아이자와 씨가 점역 자원봉사자분이신데, 그분은 가족 이야기를 그린 소설을 읽어서 가족이란 것을 조금이나마 알고 싶다고 하셨어요. 이야기에는 그런 존재 이유도 있지 않을까 해요"라고 조심스럽게 말을 덧붙였다.

"가족 이야기라."

사토다가 내가 든 가방을 힐끔 보았다.

"모리 마리는 아버지만 눈에 보인 게 문제야. 뭐, 모리 오가이*처럼 왕 같은 아버지를 뒀으니 다른 남자는 희미하게 보였을 테지만."

그러더니 한숨을 쉬었다.

"시정市井에 흔한 아버지 이야기에는 사람들이 과연 얼마나 흥미를 보여줄까."

사토다는 자신에게 묻는 것처럼 중얼거렸다.

나는 힘이 빠졌다. 사토다가 내게서 자신감을 잃으면 그걸로 끝이다.

나는 사토다에게서 태어났다. 사토다가 작가로 데뷔하기 전의 작품이다. 나는 순문학 신인 공모전에 보내지고 1차 심사에서 낙선했다. 돌아온 원고다.

데뷔 전에 사토다는 절조가 없어서 SF, 호러, 미스터리, 순문학 등 다양한 장르를 써서 공모전에 응모했다. 장르에도 문체에도 집착하지 않는 대범한 남자였다. 자신에게 걸맞은 자리는 결과가 알려줄 거라고 호언장담했다. 글을 써서 밥을 먹고 살겠다. 사토다가 집착한 건 오로지 그것뿐이었다.

그 결과 미스터리로 신인상을 받아 데뷔했다. 고졸로 응모를 시작하고 5년이 지나 스물세 살이 된 해였다. 대학에는 가지 않았는데, 그 선택을 반대할 가족도 없었다.

---

* 1862년 시마네현에서 태어나 《무희》, 《아베 일족》, 《기러기》 등의 소설을 남긴 일본 근대문학 소설가. 번역가로도 유명하다.

이후 30년간 인기 없는 미스터리 작가로서 목숨만 간당간당하게 붙어 있었다. 이게 그가 말한 결과가 알려준 자리인지 의심스럽다.

미스터리는 전 세계에 명작이 존재하고 매년 대량 생산된다. 작년에 데뷔한 아카모리 겐고는 학력도 좋고 젊고 잘생겨서 신진 기예 미스터리 작가로 주목받는다.

사실 이 가게에 들어와 좌식 책상의 점자책을 봤을 때 순간 '아카모리의 작품이 아닐까' 하고 의심했다. 아마 사토다도 그렇게 생각했을 것이다. 아닌 걸 알고 마음이 놓여서 말이 많아졌다. 그 정도로 아카모리의 존재는 사토다에게 위협적이었다.

아카모리의 인기와 반비례하듯 사토다의 의뢰는 하나 줄고 또 하나 줄고 지금은 《형사 아멘보》 시리즈만 남았다. 그마저도 BB의 말처럼 팔리지 않는다.

제일 나쁜 점은, 사토다 본인도 이 시리즈에 별로 애착이 없다는 것이다. 30년간 미스터리를 썼으니 '이렇게 쓰면 편집자들이 좋다고 하겠지'라는 태도로 쓴다.

사토다는 그런 상황이 아무래도 괴롭다. 기를 쓰고 쓸 정도의 의욕이 없으면 집필은 고역이다. 어쩔 수 없이 작품은 편집자를 속일 수는 있어도 독자를 속이지는 못한다. 인기는 떨어지고, 입지는 낮아지고, 미래가 사라진다.

사토다는 이 상황을 30년 전부터 예상했다. 그래서 데뷔 전 낙선했던 작품 중 나를 골라 이리저리 손보길 30년. 때마다 편집자에게 읽히려 가지고 다녔고, 아까처럼 '읽지도 않고 거절당하기'를 반복했다. 초고는 다 구겨지고 찢어졌다. 지금 나는 다섯 번째 원고다.

말해두겠는데 나는 백기가 아니다. 선전포고는 말이 과한데, 비장의 카드다. 사토다 자신이 작가로서 계속 살아갈 수 있을지 없을지 알아보는 리트머스 시험지 같은 것으로, 나를 세상에 내놓아 묻고 싶어 한다. 나를 세상에 물어보고 안 된다면 은퇴할 수밖에 없다고 생각한다.

그러나 편집자들은 자기들이 바라는 원고만 눈에 보인다. 손에 들어보지도 않는다. 사토다가 지금보다 팔렸던 시기에는 "지금 그런 걸 주실 필요가 있나요"라며 상대해주지 않았고, 아카모리의 대두로 인기가 내리막길에 접어든 뒤로는 말할 것도 없다. 거들떠보지도 않는다.

그런데 BB까지 일언지하로 거절할 줄이야. 사토다는 크게 낙담했다. 그건 분명하다.

"여긴 무슨 가게지?"

사토다는 아까부터 궁금했던 것을 드디어 물었다.

가게 주인이 "보관가게입니다"라고 대답했다.

"보관가게라니 들어본 적이 없군." 사토다가 솔직하게 말했다.

가게 주인이 그거야 그렇다는 듯이 고개를 끄덕였다.

"하루에 100엔으로 무엇이든 보관해드립니다. 1주일이면 700엔입니다. 요금은 선불로 받습니다. 약속한 기한보다 일찍 오셔도 돈은 돌려드리지 않아요. 또 찾으러 오시지 않을 경우, 보관품은 제 것이 됩니다."

사토다가 "회원제인가?" 하고 물었다.

"아니요, 어떤 분이든 이용하실 수 있습니다. 한 번만 이용하셔도 되고 몇 번을 이용하셔도 요금은 하루에 100엔입니다."

사토다는 이해가 안 간다는 표정이었다.

"도대체 어떤 인간이 여길 이용하지?"

"어떤… 이라니요?"

"젊은 여자? 할머니? 건달? 위험한 조직의 인간? 범죄자가 증거품을 숨기러 오나?"

가게 주인은 고개를 저었다.

"눈이 보이지 않으니 손님의 외모는 알 수 없고, 맡기시는 분의 프라이버시를 지켜야 하니 말씀드릴 수 없습니다."

"흐음."

사토다는 감탄인지 의심인지 모를 모호한 태도로 나를 가방에서 꺼냈다. 느닷없이 갈색 봉투를 가게 주인에게 건넸다.

"이것도 보관해줄 수 있나?"

"네, 물론이죠."

나는 허둥거렸다. 사토다, 나를 버리는 거야? 30년이나 곁에 있었던 나를?

"그게 뭔지 알겠나?" 사토다가 물었다.

가게 주인은 나를 신중하게 어루만졌다.

"커다란 봉투에 든… 종이 다발입니다."

"음, 그래서 그게 뭔지 알겠어?"

"종이 다발입니다."

가게 주인이 의연한 자세로 산뜻하게 말했다.

나는 어이가 없었다. 사토다도 비슷한 표정이었다. 내게는 사토다의 지난 30년이 담겼다. 사토다의 피와 땀과 눈물의 결정체다. 하지만 보관가게가 보기에 이건 '종이 다발'일 뿐이다. 아마 세상에는, 우리 이외의 모든 인간에게는 '종이 다발'이고 타는 쓰레기일 것이다.

사토다는 아무 말도 못 하고 잠시 굳어 있었다.

"안녕하세요!"

한 소년이 힘차게 들어와서 가게의 정적인 분위기가 갑자기 움직였다.

"아, 죄송합니다. 손님이네."

중학생쯤 되었을까. 소년은 쑥스러운 듯 멈춰 서더니 물이 떨어지는 우산을 든 채 머리를 긁었다.

사토다가 "괜찮아"라고 말했다. "먼저 해라. 나는 급하지 않거든"이라며 묘하게 다정하게 굴었다. 소년이 나타나서 다행이라고 생각하는지도 모른다.

"고맙습니다!"

소년은 굉장히 기뻐했고 사양하지 않았다.

나는 안도했다. 나를 맡기는 건 일단 미뤄졌고, 이 보관가게라는 기묘한 가게를 좀 더 관찰할 수 있으니까.

가게 주인은 "알겠습니다"라고 말하고 **종이 다발**인 나를 좌식 책상의 점자책 위에 겹쳐놓았다. 정중하게 다뤄져서 적잖게 안도했다. 그런 다음 주인은 소년에게 마루에 올라오라고 권했는데, 소년은 운동화를 벗기 귀찮은지 선 채로 가방에서 책을 한 권 꺼내 200엔과 함께 다다미에 내려놓았다.

"이걸 내일모레까지 보관해주세요."

사토다는 놀란 표정이었다. 나도 놀랐다.

소년이 맡기려고 한 것은 사토다 누루마의 《형사 아멘보 오사카에 가다》였기 때문이다. 시리즈 중 제일 잘 팔린 책이다.

가게 주인은 책을 받고는 무엇인지 묻지 않고 대금을 확인하더니 "우에다 가즈히코 군이죠?" 하고 이름을 확인했다. 목소리로 누군지 안 모양인데, 소년은 단골인가 보다.

"네! 우에다 가즈히코입니다" 하고 소년이 대답했다.

벌써 우산을 펼치려 했다. 드라이브스루라도 이용하는 듯한 속도감이다.

사토다가 "이걸 왜 맡기지?" 하고 우에다 소년에게 물었다.

그러자 우에다 소년은 당연하잖아, 그런 것도 모르나, 하는 표정으로 귀찮다는 듯이 "내일 시험이거든요"라고 대답했다.

"시험?"

"기말고사. 내일이랑 내일모레. 시험 전에는 동아리도 쉬니까 공부하다가 숨 좀 돌리려고 산 건데 이거, 무진장 재밌거든요. 실패했어요. 가까이 있으면 공부를 못 할 거예요. 이다음은 시험 끝나고 읽으려고요."

사토다는 으음, 하고 신음하더니 "그렇게 재미있나?" 하고 물었다.

"사절합니다"라며 소년이 퉁기듯 답했다.

"안 빌려드려요. 나는요, 책을 빌려주거나 빌려 보지 않는

154

주의라서요. 책은 빌려주면 돌아오질 않아요. 옛날 옛적에 그
것 때문에 싫은 일이 있었어요."

"옛날 옛적?"

사토다가 그 말을 반복했다. 나도 거기서 걸렸다. 중학생
이면서 '옛날 옛적'이라니? 하기야 뭐, 그렇긴 하겠다. 이 정
도 나이면 1년 전이라도 아주 오랜 옛날일 테니까.

"나는 완전히 인간 불신에 빠졌어요. 읽고 싶으면 사세요,
사토다 누루마!"

"뭐?"

"작가 이름이에요. 풋내기 시절에는 아빠 책장에서 실례
해서 읽었지만, 이건 용돈으로 샀어요. 《형사 아멘보》 시리
즈. 진짜 진짜 재미있는데 요즘은 서점에 없어요. 그래서 인
터넷에서 샀어요."

소년은 그 말을 남기고 빗속으로 사라졌다.

사토다는 어안이 벙벙한 표정으로 소년이 사라진 밖을 바
라보았다.

여전히 안개비다. 왠지 묘한 꿈을 꾸는 듯한 기분이었다.
분명 사토다도 같은 심경이겠지. '풋내기 시절'이나 '실례한
다' 같은 묘한 말투를 쓰는 중학생이지만 그건 사토다의 책에
푹 빠졌다는 증거로, 작중 인물 대부분이 시대에 뒤떨어진 옛

날 말씨를 쓴다.

가게 주인은 "죄송합니다. 이걸 넣고 올 테니 잠깐 기다려 주세요"라고 말하고 사토다 누루마의 책을 들고 안으로 들어 갔다.

사토다는 좌식 책상에 놓인 나를 바라보았다.

한 소년이 자기 작품을 '진짜 진짜 재미있다'고 했다. '이 다음은 시험이 끝나고'라고 말했다.

사토다, 어떤 느낌이야?

"아직 할 수 있으려나, 나는" 하고 사토다가 중얼거렸다.

나는 "할 수 있고말고"라고 대답했다.

《형사 아멘보》는 대단하다고. 나는 좋아해. 사토다 너에게 는 이야기를 만드는 재능이 있어. 다음은 《형사 아멘보 와카 야마에 가다》를 쓰면 돼. 교토도 쓰면 돼. 오키나와도 쓰면 되 고, 해외 편도 쓰면 돼. 의뢰 같은 거 신경 쓰지 마. 마음대로 쓰면 돼. 써서 건네주면 BB는 틀림없이 책으로 낼 거야. 사토 다를 위해서가 아니라 독자를 위해서. 회사를 위해서. 금방은 돈이 되지 않더라도 사토다, 너는 반드시 성공… 까지는 못하 더라도 작가로서 살아남을 수 있어. 목숨이 간당간당한 상황 은 개선되지 않을지도 모르지만, 바로 그러니까, 이번에야말 로, 다음에야말로 노력하는 게 작가라는 존재 아니야?

그러려면 먼저 나를 인정해야 해. 나는 트릭으로 놀라게 하는 작품이 아니야. 애초에 미스터리가 아니고 러브스토리도 아니야. 띠지에 광고 문구를 쓰기 어려운 작품이야. 편집자를 힘들게 하는 작품이야.

그래도 인간이 적혀 있지. 인간이야말로 이야기 아니겠어?

사토다, 너는 아쿠타가와 류노스케와 닮았어. 자기 작품에 자신이 없어. 자신이 없는 건 재능이 있기 때문이라고 생각해. 재능에는 두려움이나 불안이 따라오는 법이야. 새로운 것은 평가하기 어려워. 새로운 것이기에 그에 상응하는 위험 요소가 있어.

우선 나를 믿어줘. 네가 내게 자신감을 가지지 못하니까 편집자가 백기라고 받아들이는 거야. 문제는 출판계에 있는 게 아니야. 네 태도에 있어.

알겠어? 나는 너야. 너 자신이야. 자신을 가져.

가게 주인이 돌아왔다.

"오래 기다리셨습니다. 그럼 계속해서."

"사토다 누루마라는 작가가 있었나?"

사토다가 시치미를 떼고 질문했다.

"재미있으려나. 뭐, 중학생이 하는 말이니까. 나 같은 아저씨가 읽기에는 부족하겠지."

그러자 가게 주인이 말했다.

"사토다 누루마의 작품은 나이 상관없이 누구에게나 재미있다고 생각합니다만."

"자네도 읽어본 적이 있나?"

"《형사 아멘보》는 읽지 않았지만 초기 작품은 학창 시절에 몇 권 읽었습니다."

"지금은 안 읽고? 지겨워서?"

"아니요, 지금은 아이자와 씨가 고른 책을 읽으려고 하니까요. 제가 고른 책을 읽으면 세계가 좁아집니다."

"그래서 모리 마리인가."

"네. 독서의 폭이 제법 넓어졌습니다."

"그래도 호불호는 있겠지? 뭐 추천할 게 있나? 그러니까, 사토다 누루마. 아니 그런데 누루마라니, 이상한 이름이지 않아?"

"노로마*의 고어라고 합니다. 작가 본인이 예전에 말했어요."

"사토다 누루마가?"

"네, 아마도 라디오에서."

사토다는 연신 고개를 갸웃거렸다. 젊어서 한 말이니 기

---

* '노로마のろま'는 동작이 굼뜨거나 둔한 모양, 혹은 그런 사람을 뜻한다.

억하지 못하겠지. 둔하다는 의미의 노로마를 필명으로 삼은 것이 맞다.

나는 조금 마음에 걸렸다. 이 가게 주인, 목소리로 사람을 구분할 수 있는 것 같다. 예전에 라디오에서 사토다의 목소리를 들었다면, 자기 앞에 있는 남자가 작가 본인인 줄 알지 않을까?

에이, 설마. 그렇게 옛날 목소리를 기억하는 건 말도 안 된다. 사토다의 목소리도 나이를 먹었으니까. 그거랑 이걸 연결 짓는다면 셜록 홈스다. 그런 재능이 있다면 이런 상점가 구석빼기에서 보관가게 같은 일을 하고 있겠어?

가게 주인은 뭔가 생각하는지 한동안 말이 없었는데, 곧 이렇게 말했다.

"가장 인상적이었던 작품은 《비둘기의 미션》이에요."

허를 찔렸는지 사토다의 어깨가 움찔했다.

"《비둘기의 미션》?"

"네, 추천합니다. 사토다 누루마를 읽어본 적이 없다면 우선 《비둘기의 미션》부터 시작하는 게 좋을 거예요. 은퇴를 앞둔 나이 든 마술사의 이야기입니다."

사토다는 곤란한 표정이었다. 타인이 바로 코앞에서 자기 작품을 해설하면 겸연쩍겠지. 게다가 벌써 30년이나 작가 생활을 했으니 초기 작품의 자세한 내용은 작가 본인도 잊었을 것이다.

가게 주인은 젊어서인지 재능인지 기억력이 뛰어나서 학창 시절에 읽은 작품의 내용을 설명하기 시작했다.

"마술 쇼를 하는 도중에 관객 한 명이 죽어요. 늙은 마술사는 어떤 영화배우의 팬인데, 그 여배우를 불행에 빠트린 남자에게 복수합니다. 늙은 마술사 캐릭터가 어딘지 얼빠진 맛이 있어서 페이지를 넘길 때마다 웃음이 나와요. 트릭에도 허를 찔렸고요. 아마… 어어, 죄송합니다, 잊어버렸네요."

나는 안도했고 사토다도 비슷한 표정이었다. 사토다는 트릭을 기억하지 못할 것이다. 그때는 공장 제품처럼 작품을 펑펑 찍어냈으니까.

"미스터리로서 읽는 맛도 있는데 그것만이 묘미가 아니에요. 마술 쇼의 뒷이야기가 인상 깊고… 애절했어요. 그가 마술사가 된 이유 같은 거요. 여배우와의 관계도 서서히 밝혀지고. 아, 그렇지, 그걸 전부 비둘기의 시선으로 말해서 재미있습니다. 마술사의 연미복 안주머니에 들어가서 차례를 기다리며 답답해하는 비둘기 시점이에요. 이름도 없이 단명하는 비둘기. 아, 죄송합니다!"

가게 주인이 커다란 손으로 자기 입을 틀어막았다.

"너무 큰 스포일러였어요. 저 때문에 다 읽은 기분이 들어서 읽지 않으신다면 사토다 누루마에게 면목이 없습니다."

"아니, 아니, 반드시 읽을게. 읽을 생각이야. 집에 가면서 바로 사지. 서점에 없다면 주문해서라도. 인터넷 서점은 도무지 성미에 안 맞아서. 서점에 주문할 거야. 그렇군, 너는 그게 마음에 들었군."

사토다가 코를 훌쩍였다.

"왜 그러세요?"

"아니, 아까 비에 젖어서 감기라도 걸렸나."

"그러면 큰일이죠. 잠깐 기다리세요. 따뜻하게 마실 것을 가지고 오겠습니다."

가게 주인은 사토다가 말릴 새도 없이 안으로 들어갔다.

사토다는 완전히 기분이 좋아졌는지 콧노래까지 불렀다. 이야기를 그만두려는 신호가 아니라 자연스럽게 나오는 콧노래다. 비발디의 「사계」 아닌가. 제1악장인 「봄」이다. 「G선상의 아리아」보다 훨씬 낙관적인 곡이다. 카페에서 겪은 일은 이미 머릿속에서 지워졌을까. 파친코의 소란보다 보관가게에서의 수다가 울적함을 소멸하는 데 효과적인 모양이니 뭐, 기쁜 일이다.

이 녀석은 도대체 나를 보관가게에 맡길 마음이 있긴 한

가? 진심이야?

물이 끓는 소리가 들리기 시작했을 때, 한 여자가 포럼을 지나 들어왔다.

"어라?"

여자는 우산을 접으며 사토다를 보고 가게를 둘러본 뒤 다시 사토다를 봤다.

"가게 주인은?"

누가 봐도 연상인 사토다에게 예의라곤 모르는 말투다.

"안에서 물을 끓이는데" 하고 사토다가 대답했다.

"손님이 있구나…."

여자는 아쉬운 듯 혼잣말했다. 나이는 서른이 안 된 정도일까. 까만 머리카락은 뒤로 묶었고 어디로 보나 수수한 차림이었는데, 선명한 파란색 천 가방을 들었다. 매우 취미가 나쁜 색이다. 뭐가 들었는지 무거워 보였다. 그 가방만이 여자에게 특징을 주었다.

"너, 가게 주인과 사귀는 사이인가?"

사토다가 엉뚱한 질문을 했다.

저 가게 주인에게 이 여자? 그럴 리가 있겠어? 아하, 아마도 사토다는 이 여자에게 흥미를 느꼈나 보다. 핵심에서 완전히 벗어난 질문은 상대를 동요시켜 본심을 이끌어낸다. "아니, 아니에요. 나는" 하고 부정하고 거기에서 보관품 이야기로 흘러가면 그게 뭔지 알아낼 수 있다, 뭐 그런 속셈이겠지.

작가란 것들은.

다들 조심해. 작가는 사람을 오로지 소재로 보니까.

여자는 사토다를 바라보며 고개를 끄덕였다. 입가에 은은한 미소를 지었다.

거짓말. 이 여자가 가게 주인의 애인이라고?

남자 친구의 눈이 보이지 않는데 꾸미는 것도 이상해서 이렇게 수수한 차림을 하나? 보기에는 이런데 마음이 아주아주 예쁘다거나, 평범하지 않은 능력의 소유자라거나, 뭔가 말도 안 되는 매력을 갖춘 여자인가?

얼굴에 특징이 없다. 수수한 복장에 이 얼굴이다. 뭔가 범죄를 일으켜도 목격자에게서 유익한 정보를 얻지 못할 것 같다. 기억에 남지 않는다. 기억에 남는 건 파란 가방인데, 그것만으로는 지명수배범의 몽타주를 그리기 어렵다.

가게 주인은 조용한 남자인데 인상적이다. 화사함과는 반대 지점에 있는데 모습에서 품격이 느껴진다. 목소리도 좋고 움직임도 아름답다. 그에 비해 여자는 움직임도 말투도 까칠해서 가게 주인과 균형이 맞지 않는다.

"말을 걸면 나올 텐데"라고 사토다가 말했다. 역시 흥미가 있구나.

여자는 가방에서 종이봉투를 꺼내더니 "이거 주인한테 건네줘"라며 사토다에게 떠넘겼다.

사토다는 놀란 표정으로 "어이!" 하고 외쳤으나 여자는 "서두르는 게 좋을 거야. 식으니까"라는 말을 남기고 나가버렸다.

얼굴도 태도도 거만한 주제에 결국 상대방의 페이스에 말린다. 그게 사토다 누루마다.

여전히 비가 내렸다. 조금 거세진 것 같다. 가게 안에도 습기가 찼다. 가게 주인이 쟁반에 차를 담아왔다. 후각이 좋은지 "누가 왔었나요?"라고 물었다.

사토다가 "애인이 주는 선물이야"라며 종이봉투를 가게 주인에게 건넸다.

가게 주인은 종이봉투를 받고 한숨을 쉬었다.

"장어네요."

"그래, 장어야. 장어 도시락 2인분. 노포에서 산 최고급품. 아직 따끈따끈해. 빨리 먹는 게 좋을 거라더군. 애인은 너와 함께 먹을 생각이었나 본데. 빨리 전화하는 게 좋아. 메시지를 보내거나. 요즘은 그 라인LINE이란 게 있지? 잘은 모르지만."

가게 주인이 고개를 저었다.

"연락처는 모릅니다."

"애인이 아닌가?"

"그런 사람은 없습니다."

가게가 조용해졌다. 가게 주인은 그 사람이 누군지 아는 모양이다.

사토다는 차를 마시고 "맛있군"이라고 말했다. 종이봉투를 안은 채 말이 없던 가게 주인이 고개를 들었다.

"장어 좋아하세요?"

"아주 좋아하지."

"같이 드시면 어떨까요?"

"그래도 되나?"

가게 주인은 그 질문에는 대답하지 않고 일어나서 포렴을 거둬들였다.

비가 본격적으로 내렸다. 밖이 잘 보이지 않을 정도다. 가게 주인이 문을 닫았다.

빗소리가 멀어져서 가게가 다시 조용해졌다.

가게 주인과 사토다는 고급 장어 도시락을 먹으며 사토다 누루마의 작품에 관해 이야기했다. 물론 사토다는 자신이 사토다 누루마라는 걸 밝히지 않은 채 읽어본 적도 없는 척하며 맞장구를 치고 야금야금 도시락을 먹었다.

"사토다 누루마의 작품에는 아버지의 존재가 보이지 않아요."

가게 주인이 막 깨달았다는 듯이 말했다.

"제가 읽은 작품 한정이지만 모든 등장인물이 아버지가 없어요. 아버지가 없는 설정에 뭔가 테마가 있는 것도 아니고, 씻은 듯이 존재 자체가 없습니다. 후기 작품에는 있을지도 모르지만요. 저는 사토다 누루마가 쓴 아버지 이야기를 읽어보고 싶어요."

나는 "읽어볼래?" 하고 보관가게에게 말을 걸었다. 내 안에는 아버지가 그려져 있다. 아주 괴상하고 어렴풋하긴 해도 아버지라는 것을 언급한다.

사토다가 숙연한 말투로 물었다.

"네 아버지는 어떤 분이지? 말하고 싶지 않다면 무리하지 않아도 된다만."

가게 주인은 고개를 살짝 젓고 조금 생각한 뒤에 말했다.

"아버지가 있긴 있는데 제 안에서 존재가 흐릿해요. 아버지의 존재가 의식 안에서 씻은 듯이 사라졌어요. 그건 반대로 의식하기 때문일지도 모르죠. 그래서 사토다 누루마의 소설에 아버지가 없는 것을 알아차렸을지도요."

"아버지의 부재라."

"네. 그래도 제 아버지가 나쁜 사람이거나 하진 않아요. 표현하기 어려운데, 지극히 평범하고 성실한 분이에요. 그러니 아버지를 바라보는 걸 일부러 피하는 것이 제 약점인 것 같기도 해서, 그래서 마음에 걸렸어요."

"음."

"죄송합니다, 오늘은 이상하게 말이 많네요."

"아니, 기쁘군. 비를 피하다가 뜻밖의 책도 추천받고 장어까지 먹었어. 그런데 이래도 괜찮을까? 그 여자 손님."

가게 주인이 "괜찮지 않을 것 같아요"라고 대답했다.

"그 사람은 대체 뭐지?"

"손님입니다."

"하지만 이건 선물이잖아?"

가게 주인은 장어 도시락이 들어 있던 봉투 아래서 100엔 동전을 주웠다.

"보관품입니다."

"먹어버렸는데!"

사토다가 큰 소리로 외쳤다. 정말로 선물이라고 생각했다, 나도 사토다도. 가게 주인은 애인이 없다고 말했지만, 소꿉친구나 아는 사이나 앞으로 사귀는 사이가 될 예정이라거나 그런 사적인 관계라고 생각했다.

"손님의 보관품을 먹어도 괜찮나?"

"괜찮지 않을 것 같아요."

"그런데 먹었어!"

가게 주인은 "네" 하고 고개를 숙이고 한숨을 쉬었다.

"사실 그분은 보관품을 찾으러 오신 적이 없어요."

가게 주인, 그래도 돼? 비밀 엄수 의무는?

"찾으러 오지 않는다고? 맡기기만 하고? 대체 뭐 하는 사람이지? 이름은 알고?"

"네. 이름은 압니다. 아, 죄송합니다. 비밀 엄수 의무가 있어서 이 이상은 말씀드릴 수 없어요."

나는 이런 일이 몇 번이나 있었을 거라고 추측했다.

가지러 오지 않으면 음식은 폐기할 수밖에 없다. 아마 오늘 처음으로 규칙을 깨고 따뜻할 때 먹었겠지. "괜찮지 않을 것 같아요"라고 말한 가게 주인의 표정을 보면 안다. 가게 주인은 고민하고 있다. 그녀의 존재를.

어쩌면 오늘은 그녀를 위해 먹었을 것이다. 모처럼 준 선물을 매번 버리면 안 된다고 생각해서. 혼자가 아니라 사토다가 있어서 규칙을 깨트릴 수 있었겠지. 가게 주인은 규칙을 깨트려도 개의치 않은 남자로 보이지 않는다.

보관가게는 기한까지 물품을 보관하고 기한이 지나면 가

게 주인이 갖는다. 그게 보관가게의 규칙이다. 그러나 그녀의 목적은 '선물'이다. 매번 선물을 가지고 온다. 가게 주인은 결국 항복하고 그녀의 마음을 받아들였는데, 그건 그에게 '옳지 않은 일'이다. 그녀의 기분이 상해도 마음이 아프고, 규칙을 어겨도 마음이 아프다.

나는 가게 주인의 마음이 걱정이었는데, 사토다는 머릿속에 자기 생각만 꽉 찬 남자다.

"종이 다발 말인데" 하고 이미 자신의 용건으로 옮겨갔다.

"그게 뭔지 설명해도 될까?"

"취급 방법인가요?"

"아니, 내용에 관해서. 조금 길어지겠지만."

"네, 보관품의 설명을 듣는 것도 제 일이니까요."

"음."

가게 주인은 다 먹은 도시락 상자 두 개를 정리하고 자세를 바로 했다.

사토다는 차를 다 마시고 뻔뻔하게도 한 잔 더 달라고 부탁하며 "너도 사양하지 말고 마시도록"이라고 마치 제 집인 양 말했고, 가게 주인은 시키는 대로 안으로 들어가 차를 다시 끓여왔다.

준비를 마치자 사토다가 나에 관해 말하기 시작했다.

"종이 다발에는 옛날이야기가 적혀 있어. 지인이 쓴 거지. 지금으로부터 40년 전쯤, 시코쿠 내륙의 어느 강 유역에서 있었던 일이야."

게이타는 열 살이고 부지런한 엄마와 온화한 할머니와 셋이 살았다. 엄마는 종이뜨기 공장에서 일했고 할머니도 전에는 그곳에서 일했다.

게이타는 마을에서 태어나서 바깥세상을 몰랐다. 공부는 잘했으나 운동신경이 어지간히도 없어서 도무지 헤엄을 치지 못했다. 이 부근에 사는 아이들은 모두 헤엄을 잘 쳤다. 강이 사람들 삶의 일부였다. 엄마도 할머니도 헤엄을 잘 쳤다. 그런데 게이타만은 이상하게 물이 무서워서 헤엄을 치지 못했다. 얼굴을 물에 담그는 것도 싫었다.

물놀이에 어울리지 못한다. 그건 치명적이어서 게이타는 친구를 사귀지 못했다. 성적이 좋으니 대놓고 괴롭힘을 당하진 않았으나 학교에서는 늘 교실 구석에 있었고, 쉬는 시간에는 도서실에 혼자 있을 때가 많았다. 체육 시간에 수영 수업을 하면 핑계를 대고 보기만 했다.

헤엄을 못 치는 게이타는 자기가 이 마을 사람이 아닌 것 같았다. 외부인이라는 의식이 게이타를 지배했는데, 이는 어려서부터 익숙하게 느낀 감정이었다.

어느 날, 게이타가 평소처럼 도서실에서 책을 읽는데 반장인 사부로가 말을 걸었다. 둘은 같은 작가를 좋아하는 걸 알고 의기투합했다. 사부로는 성적이 그리 좋진 않아도 밝고 달리기도 잘하고 헤엄도 잘 쳐서 인기가 많은 아이였다. 친구가 아주 많았다. 그래서 사부로는 반장으로 뽑혔다. 여자들도 사부로를 좋아하고 선생님들에게도 인망이 있었다. 게이타에게는 눈부신 존재였다. 그런 사부로와 그날을 시작으로 책을 교환해서 보기 시작했다. 사부로도 아빠가 없다는 것을 알고 친근감을 느꼈다. 아빠 없이도 빛의 세계에 있는 사부로를 보면서 헤엄치지 못하거나 구석진 곳에 있는 것은 게이타 자신의 문제이지 아버지의 부재를 변명으로 삼을 수 없다는 사실에 참혹한 기분도 들었다.

하루는 사부로가 같이 강 상류에 가자고 했다. 게이타는 헤엄을 못 친다고 털어놓지 못했다.

쉬는 날, 두 사람은 도시락을 싸서 상류로 갔다. 사부로가 말하기를, 강물 색이 그림물감처럼 새파란 곳이 있다고 했다. 다른 친구들에게는 비밀인 장소라고. 게이타의 가슴이 기대감으로 부풀었다. 그런데 가던 도중에 강가에서 낚시하는 남자를 봤다. 해진 옷을 입었고 풍채가 수상해 보였다.

"똑딱똑딱 똑딱이다"라고 사부로가 말했다.

그는 강가에 사는 남자로, 눈을 마주치거나 말을 걸면 안 된다고 어른들이 신신당부한다는 것이다. 게이타는 엄마나 할머니에게서 그런 경고를 들은 적이 없었는데, 강에 가지 않아서 그랬는지도 몰랐다. 다만 '똑딱똑딱 똑딱이'라는 이름은 들은 적이 있었다. 아이들이 "똑딱똑딱 똑딱이, 똑딱똑딱 똑딱이"라고 시끄럽게 떠드는 걸 어려서부터 몇 번인가 들었다. 싸우다가 상대방에게 욕하거나 무시할 때면 꼭 하는 소리여서 '너희 엄마 창녀'와 같은 부류의 말이라고 생각했다. 강가의 자갈을 딱딱 부딪치며 소리를 내는 요괴라는 소문도 있어서 갓파河童*처럼 이 지역에 내려오는 전설로, 실재하는 무언가가 아니라고 생각해 눈에 보이고 존재하는 것을 알고 놀랐다.

얼굴은 보이지 않았지만 딱 봐도 집 없는 노숙자 같았다.

강에서 노는 사부로는 종종 봤을 테고, 게이타 이외의 아이들도 분명 몇 번쯤 마주쳤을 것이다.

"똑딱똑딱 똑딱이를 본 날은 비밀의 장소가 훨씬 더 예쁜 블루야"라고 사부로가 기쁘게 말했다. 사부로가 믿는 미신 중

---

* 물가에 사는 일본 요괴. 사람과 비슷하나 새 부리, 물갈퀴, 거북이 등껍질이 있고 정수리에 물이 고인 모습으로 묘사된다.

하나겠지.

사부로와 함께 상류로 간 게이타는 그날 놀랍도록 아름다운 블루를 보았다. "어때? 똑딱똑딱 똑딱이, 대단하지?" 하고 사부로가 의기양양한 표정을 지었다. 사부로는 곧장 강으로 뛰어들어 놀았는데, 게이타는 들어가지 못했다. 헤엄을 못 친다고 털어놓았다. 사부로가 놀랐지만 게이타는 그가 자신을 무시하진 않는다는 걸 직감적으로 알았다. 사부로는 신경 쓰지 않고 혼자 놀았고 게이타는 그가 헤엄치는 모습을 지켜보기만 해도 즐거웠다.

배가 고파진 그들은 블루를 바라보며 바위 위에서 같이 도시락을 먹었다. 게이타는 할머니가 만들어준 주먹밥을 먹었고 사부로는 빵을 먹었다. "배고파서 미치겠어"라는 사부로에게 게이타가 주먹밥을 하나 주자 그는 거절하지 않고 받아 걸신들린 듯이 먹었다.

다 먹고 사부로는 또 블루로 뛰어들었다. 그런 자유로운 모습은 물고기라기보단 새처럼 보였다. 파란 하늘을 자유롭게 날아다니는 사부로. 게이타는 처음으로 '나도 헤엄치고 싶다'고 생각했다.

강에 매료된 게이타는 남몰래 비밀의 장소에 갔다. 그러나 혼자 간 그곳은 아름다운 색이 아니었다. 그날은 덜덜 떨며 무룿까지 물에 담갔다. 헤엄은 못 쳐도 첨벙거릴 수는 있었다. 몇 번 다니다 보면 헤엄칠 수 있겠지, 언젠가 사부로를 놀라게 해줘야지, 하며 게이타는 점점 더 깊은 곳에서 연습했다.

그러던 어느 날, 물에 빠졌다. 그렇게 깊지 않은 줄 알았는데 발이 빠졌고, 거센 흐름에 몸이 빙그르르 회전하나 싶더니 곧 누가 발목을 잡아챈 것처럼 강바닥으로 빨려 들어갔다. 숨을 쉬려다가 물을 먹었다. 죽는 줄 알았다. 그때 갑자기 강한 힘이 팔을 붙잡아 강가로 끌고 나오더니 물을 토하게 했다. 게이타는 두려워서 울었다.

도와준 사람은 똑딱똑딱 똑딱이였다.

흰자가 노래서 찐득해 보이는 눈으로 게이타를 빤히 바라보았다.

게이타는 물에 빠진 공포와 똑딱똑딱 똑딱이와 눈이 마주친 공포에 심장이 멎을 것 같았다. 무릎이 덜덜 떨렸지만 미친 듯이 달리고 또 달렸다. 몇 번이나 넘어져도 산길은 무섭지 않았다. 여긴 물속이 아니다. 숨을 쉴 수 있다. 멍투성이가 되어 집에 돌아온 게이타는 무슨 일이 있었는지 아무에게도 말하지 않았다.

그날 이후로 게이타는 사부로가 놀자고 해도 거절했다. 집안일을 도와야 한다고 거짓말했다. 사부로는 매달리지 않

았다. 친구가 잔뜩 있고 늘 빛 속에 있는 사부로. 게이타는 쓸
쓸했다.

중학교에 입학해 사부로는 야구부, 게이타는 문예부에 들
어가면서 점점 더 사이가 멀어졌다. 사부로는 어디서나 스타
여서 들리는 소문으로는 1학년인데도 주전 선수로 뽑혔다고
했다.

어느 폭풍우 치는 날, 게이타는 도서실에서 우연히 사부
로와 재회했다. 동아리 활동을 쉬는 날인 모양이었다. 여전히
책이라는 취미가 같은 것을 알고 기뻤다. 전에 읽었을 때는
둘 다 "뭐가 재미있는지 모르겠어"라고 악평했던 《어린 왕자》
도 최근에 다시 읽었더니 좋아서 드디어 매력을 알았다는 에
피소드도 공유했다.

왜 지금까지 멀리 떨어져 있었을까. 게이타는 자기 쪽에
서 거리를 둔 것을 후회했다.

"똑딱똑딱 똑딱이, 죽었대."

사부로가 불쑥 말했다. 그 말에 게이타는 큰 충격을 받았
다. 더욱 충격적인 것은 이어진 말이었다.

"지금 우리 집에 유골이 있어."

사부로의 설명을 들어보니 강가에서 시신을 발견해 경찰
이 인수했다고 한다. 시신을 받아갈 친족을 찾으려고 유품을

조사했으나 난항을 겪었고 화장한 뒤에야 비로소 사부로의
아버지인 것이 밝혀졌다.

어머니가 경찰에 불려 가서 유골을 받아왔다. 어머니는 사
부로에게 아직 자세한 이야기를 할 시기가 아니라고 말했다.

"나, 아주 어렸을 때 그 녀석한테 돌을 던진 적이 있어"라
고 사부로가 말했다.

"내 아버지한테 돌을"이라며 웃었다.

게이타는 스스로 생각해도 의외였는데 눈물을 뚝뚝 흘렸
다. 뭔가 강한 것이 발목을 잡아당기는 기분이었다. 강바닥에
휩쓸렸을 때의 공포가 되살아났는지도 모른다.

"사실 너희 아버지가 나를 한 번 구해준 적이 있어."

게이타가 울면서 말하자 사부로가 갑자기 얼굴을 잔뜩 일
그러뜨리더니 소리 내 울었다. 놀랐다.

게이타는 도서실 문을 닫았다. 사부로는 하염없이 울었
다. 게이타는 그 전에도 그 후에도 남자가 그렇게 소리 내 우
는 모습을 본 적이 없다.

게이타는 비밀의 장소에서 블루의 강으로 뛰어드는 사부
로를 생각했다.

"똑딱똑딱 똑딱이를 본 날은 비밀의 장소가 훨씬 더 예쁜
블루야."

아무것도 모르고 사부로는 그렇게 말했다.

똑딱똑딱 똑딱이가 아버지인 걸 알고 얼마나 충격이었을까.

게이타는 또렷하게 기억한다. 그날, 똑딱똑딱 똑딱이가 구해줬을 때, 만약 이 사람이 우리 아빠였다면 하는 생각이 순간적으로 머리를 스쳤다.

우리 아빠가 똑딱똑딱 똑딱이면 어떡하지?

무서웠다.

자기 아빠가 어디 사는 누구인지 모른다는 공포가 밀려왔다. 사부로도 그런 공포를 품고 살았고 마침내 진실을 깨닫는 순간을 맞이했다. 지금은 충격이 크겠지만, 충격에는 끝이 있다.

게이타 자신의 공포는 이어진다. 언제까지나 이어질 것이다.

사토다는 거기에서 이야기를 멈췄다. 가게 주인이 눈물을 글썽였기 때문이다.

"죄송하지만 이건 보관해드릴 수 없습니다."

가게 주인이 손등으로 눈물을 훔치며 말했다.

사토다는 이유를 묻지 않고 "그렇겠지"라고 말하더니 나를 가방에 넣고는 신발을 신고 일어나 문을 열었다. 비가 그

쳐서 햇빛이 쏟아졌다.

사토다가 눈이 부신 듯한 표정을 지었다.

그러고는 "그럼 또"라고 말하고 가게를 나섰다. 도시락을 먹고 고맙다는 말도 하지 않았다. 이야기를 들어줘서, 차를 대접해줘서 고맙다고도 하지 않았다. 비를 피하려고 가게로 들어가 수건을 받았을 때만 "이거 송구하군"이라고 말했다. 사토다가 이곳에서 한 감사 인사다운 인사는 그것뿐이었다.

사토다는 언제나 자기 일로 벅차다. 용서해줘, 주인장.

사토다는 그길로 우체국에 가서 BB에게 나를 보냈다. 편지 따위 하나 없이 그저 보냈다.

그 결과, 나는 지금 이렇게 빛을 받는다.

나는 문예지에 실렸고 아쿠타가와상에 빛났다.

원고를 받은 BB는 나를 꼼꼼히 읽었고, 마침내 가치를 인정했다. 그녀는 회사와 싸운 끝에 나를 경쟁 출판사에 가지고 갔다. 그 엄청난 무용담 덕분에 나도 사토다도 구원받았으나 BB는 어쩔 수 없이 퇴직하고 사토다의 아내가 되는 몰락 인생에 돌입했다. 이리하여 사토다의 거처에 쳐진 커튼은 젖혀지고, 두더지는 땅 위로 고개를 내밀었다.

그래서 사토다는 눈이 부시는데도 웃고 있다.

미스터리 작가가 아쿠타가와상을 수상하는 기적을 일으켰는데도 하얀 정장을 입은 미녀의 화제성이 몇 단계 높은 것이 현실이다.

나는 사토다의 손에서 대량의 플래시를 받으며 생각했다.

사토다는 게이타일까 사부로일까.

아니면 나는 절대적으로 픽션일까.

"다음 작품의 구상은요?" 기자가 묻자 사토다는 이렇게 대답했다.

《형사 아멘보 와카야마에 가다》.

회장이 들썩였다. 또 인기 없는 미스터리 작가로 돌아갈 생각입니까.

이곳에 있는 기자들에게 사토다는 아무래도 좋은 존재인지 금방 옆에 선 미녀와의 질의응답으로 넘어갔다.

아무도 보지 않아도 사토다는 혼자 계속 히죽거렸다.

사토다의 머릿속에는 보관가게의 풍경과 청년 A의 눈물, 그리고 "진짜 진짜 재미있어요"라고 말한 그 소년의 뒷모습이 떠올랐겠지.

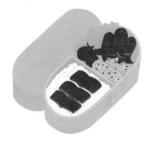

그러고 보니 장어 도시락을 준 여자, 그녀는 어떻게 됐을까.

그녀의 범행

째깍째깍 째깍째깍 째깍째깍….

나는 다시 째깍째깍 움직이기 시작했다.

"으흠."

할아범이 만족스럽게 고개를 끄덕이더니 얼굴에 주름을 잔뜩 잡고 웃었다. 그대로 나를 한참 바라보더니 뒤를 휙 돌아보고 외쳤다.

"할멈, 이거 봐."

"왜 그러우?"

"이거, 이거 말이야."

"아이고, 움직이네!"

"으흠."

"그럼 운반꾼을 불러야겠네."

"그래, 그래야지. 운반꾼. 운반꾼을 불러주구려."

"그나저나 이거 잘됐구먼. 드디어 해냈어."

"알았으니까 운반꾼."

"그래요."

할아범의 배우자인 할멈이 다이얼 전화기로 드르륵드르륵 전화를 걸어 큰 소리로 배송업자에게 외쳤다.

"도, 쿄!"

익숙한 소리에 내 가슴이 뜨거워졌다.

"그래, 도쿄에 가져다주면 좋겠어. 늘 하던 것처럼 조심해서."

할멈이 전화로 말하는 동안에도 할아범은 창가 근처 작업장에서 나를 응시하며 추의 흔들림이나 바늘의 움직임을 공들여 확인했다.

슬슬 포장하는 게 좋겠다고 생각했지만 손이 많이 간 나와 헤어지는 것이 아쉬울지도 모른다. 심한 반항기를 겪으며 날뛰던 자식이 갱생하더니 직장을 구해 집에서 떠나는 모습을 지켜보는 부모 같은 심정이겠지.

나도 쓸쓸하다.

할아범, 당신의 손은 부드럽고 따뜻하고 섬세했어.

매일매일 할아범과 할멈이 주고받는 대화는 때로는 들숨과 날숨처럼 잘 맞고, 때로는 단추를 잘못 채운 셔츠처럼 어긋나서 바로 그것이 인간의 삶이라고 나에게 알려주었지.

내가 사는 집에는 없는 것이다. 내 주인에게는 배우자가 없으니 어쩔 수 없다. 배우자, 생기면 좋겠는데. 주인은 성실한 남자인데 애석하게도 재미가 부족하다. 여자는 성실함보다는 유쾌함을 선택하는 생물이다. 전망이 어둡다.

할아범이 드디어 자리에서 일어나 나를 포장하기 시작했다.

고마워요. 나를 고쳐줘서 고마워요. 나와 마주해줘서 고마워요. 포장을 마칠 때까지 나는 계속해서 속삭였다.

이곳은 바다 위 떠 있는 작은 섬의 시계방이다.

시계 수리로는 일본 제일이라는 할아범이 사랑하는 아내인 할멈과 함께 꾸려간다. 할아범이 하는 일은 시계 판매와 수리. 학교나 관공서 같은 공공시설에 비치된 시계도 정기적으로 수선한다. 할멈은 집안일과 사무를 담당한다. 경리는 월말에 둘이 얼굴을 맞대고 주판을 튕기며 어떻게든 해결한다. 컴퓨터도 팩스도 없고 있는 거라곤 다이얼 전화기와 3대째 전해 내려오는 수리 도구뿐이다.

그것뿐이라고 하면 안 되지. 할아범과 할멈이 있다. 이 두 사람은 물건으로 치면 낡아서 할아범은 입에서 말이 나오기까지 시간이 걸리고 할멈은 귀가 잘 안 들린다. 그래도 두 사람이 없었다면 나는 다시 숨을 쉬지 못했을 것이다.

움직이지 않아도 나는 의식이 있다. 부서지고 태워지고 폐기되기 전까지는 살아 있다. 그러나 움직이지 못하는 상태로는 살아도 산 것 같지 않다.

할멈은 교토의 좋은 집안에서 자란 영애였다고 한다. 부모님이 정한 약혼자에게 받은 외제 손목시계를 실수로 돌바닥에 떨궈서 망가뜨렸는데, 이 가게를 찾아와 고쳐달라고 했다가 성실하게 일하는 할아범의 모습에 반해 그대로 눌어붙었다. 할멈이 말한 할멈의 프로필이니 정말로 교토 출신 아가씨였는지는 의문인데, 할아범은 그 말을 믿는지 할멈에게 고개를 들지 못한다.

할아범은 늙었어도 보기 좋은 남자이니 젊었을 때는 제법 미남이었을 것이다. 섬에 놀러 온 방탕한 아가씨가 홀딱 반해 그럴싸한 소리를 늘어놔서 아내 자리를 꿰찼다. 진상은 이랬을 거라 짐작하는 나는 도쿄에 오래 살아 순수함을 잃었는지도 모른다.

내가 보관가게를 떠난 지 벌써 두 달이 지났다.

거기도 집 자체는 3대째 이어져서 여기와 비슷하게 오래

된 건물이다.

나는 보관가게 주인의 아버지가 태어났을 때 축하 선물로 보내진 추 달린 벽시계다.

그때는 보관가게가 아니라 과자점 기리시마였다.

후계자 탄생을 축복하며 아시타마치 곤페이토라는 상점가의 사람들이 돈을 모아 화과자 가게 초대 주인에게 보낸 선물이 나다. 그 시절에는 상점가에도 시계방이 있었다. 거기 주인장이 '이럴 때는 이거지'라며 고른 명품이다. 이제는 사라진 일본 시계 제조사의 낙인이 새겨진 우직한 기계식 추시계다. 몸체는 호두나무로 지금은 세월에 찌들어 칙칙하지만 그때는 밝고 매끈매끈했다.

나는 과자점 기둥에 멋지게 장식되어 째깍째깍 시간을 알렸다.

인기 있는 화과자 가게여서 손님 출입이 많았다. 가게 이름은 기리시마인데 쪽빛 포렴에는 사토라는 글자가 하얗게 염색되어 있었다. 이건 설탕이 부족했던 시대에 사람을 끌어모으기 위한 장치로, 가난했던 시절에 사람들은 개미 떼처럼 가게로 몰려들었다.

이처럼 초대 가게 주인은 장삿속이 밝았다.

하지만 그때 태어난 갓난아기는 회사원이 되었고, 과자점은 며느리가 떠맡았다. 그 며느리도 이런저런 일로 나가버렸고 결국 과자점은 문을 닫았다. 그리고 지금은 갓난아기의 갓난아기가 보관가게라는 묘한 장사를 한다.

나는 쪽빛 포렴과 함께 그 집을 3대에 걸쳐 지켜보았다.

포렴은 보관가게라는 일이 마음에 든 모양인데 나는 솔직히 말해서 여전히 적응이 안 된다. 맛있는 화과자를 만들어 파는 단순한 방식이 좋았다. 화과자는 누가 봐도 명백하게 아름답고, 맛있으면 팔리고, 팔리면 개수가 줄어드는 것을 알 수 있다. 시간이 되면 소리 내 알리기, 어긋나지 않게 시간을 알리기라는 지극히 단순한 사명을 맡은 나는 '보관한다'라는 뜬구름 잡는 일을 도무지 이해하지 못하겠다.

나는 정밀기계다.

섬세하니까 망가질 때도 있다. 그때마다 상점가 시계방에 가서 수리를 받았다. 그러나 그 시계방도 20년 전에 폐업했고, 이후로 고장이 나면 긴자에 있는 노포 백화점의 시계 수리점에 보내졌다. 사실 올해는 거기서 "이제 교환 부품이 없어서 수리할 수가 없습니다"라고 박정한 소리를 했다. 나를 되돌려 보내며 상품 카탈로그까지 같이 보냈다.

백화점 시계 매장에는 건전지를 넣는 수정 시계가 몇 대나 놓여 있었다.

생김새가 나와 똑같은 것도 있었다. 장식으로 달린 추도 잘 흔들리는 구조다.

생각할 것도 없이 이상하다. 전기를 써서 추를 움직인다. 이거 추의 의미가 있나? 그저 소비 전력을 늘릴 뿐이니 그건 정말이지 지리멸렬한 물건이고, 그런 것을 생각한 얼뜨기, 그러니까 인간에게는 정나미가 뚝 떨어진다.

다행히 보관가게 주인은 카탈로그를 보려 하지 않았다. 눈이 보이지 않으니까.

가게 주인은 나를 포기하지 않고 '일본 제일의 시계 수리공'을 찾아내 이 가게에 보내주었다.

55년간 살면서 바다를 건넌 건 처음이었다.

이동 중에는 무척 불안했다. '어차피 성불할 거라면 집에서 하는 게 나았어'라는 생각에 우울해지기도 했다. 할아범이 따뜻한 손으로 상자에서 나를 꺼내 "오래 여행하느라 수고했다"라고 말을 걸었을 때는 안도하다 못해 울 뻔해서, '이 가게에서 최후를 맞이해도 불만은 없겠네'라고 생각했다.

작은 시계방이지만 나처럼 다루기 힘든 물건이 전국에서 모여 제법 바빴다. 요즘 같은 세상에도 시계들이 버려지지 않고 소중하게 여겨지는 것을 알고 기뻤다. 내 수리를 시작하기까지는 한 달 반이나 걸렸고, 나를 고치느라 또 보름이 걸렸다. 다루기 힘든 물건 중에서도 특히 난제였는지 할아범은 "히익" 하고 발작 같은 비명을 질렀다. 수리 중에 그런 건 아니다. 수리할 때는 콧김도 정밀기계의 목숨을 앗아가는 모양인지 할아범은 조용했다. 그날 작업을 마치고 내게서 거리를 두자마자 기이한 소리를 냈다. 거의 매일 밤 "히익" 하고 외쳤다.

"기쁜 비명이구먼."

할멈은 냄비의 조림을 뒤적이며 웃었다. 둘 다 웃으면 기묘한 얼굴이 된다. 둘 다 이가 하나도 없다. 그들의 생활을 보면 치과에 갈 여유도 없는 인생이었겠다는 짐작이 간다. 이가 없어도 사람은 살 수 있구나.

"조심해요."

나를 배송업자에게 건넬 때 할멈이 말했다. 어느 시계든 이렇게 원래 주인에게 돌아간다.

할아범의 목소리는 들리지 않았다. 이건 늘 그런데, 벌써 다음 시계의 수리를 시작했다. 작업장 창문에서 내가 실린 트럭을 보고 있을 것이다. 언제나 그런다. 걱정스럽게, 트럭이 보이지 않을 때까지 분명 나를 배웅할 것이다.

안녕, 할아범.

할멈도 건강해.

섬을 떠난 지 이틀 뒤 보관가게로 돌아왔다.

마침내 돌아와서 "다녀왔어"라고 말할 수 있게 된 나는 신바람이 나서 포장이 풀리기를 기다렸다.

가게 주인이 기쁘게 나를 맞이해 "긴 여행, 수고했어"라고 위로하고 당장 벽에 설치하리라는 예상은 멋지게 빗나갔다. 상자의 내용물을 확인한다고 뚜껑만 열린 상태로 나는 한동안 방치되었다.

이럴 수가.

보관가게 벽에는.

다른 시계가 걸려 있었다.

너무도 예상 밖의 일이어서 생각이 조각조각 끊겼다.

저곳은 오랜 세월 내 자리였다. 내가 집을 비운 동안에는 공석이어야 했다. 섬의 시계방에 있던 두 달간 나는 수없이 보관가게 안을 떠올리며 밋밋하고 한심한 벽을 상상했고, '빨리 돌아가야 해', '내 일을 해야 해'라고 생각했다.

설마 2대째가 설치되었으리라고는 단 1초도 상상하지 않았다.

그 녀석은 독일의 오래된 브랜드 로고가 보란 듯이 새겨져 있고 몸체는 세로로 길었다. 키가 내 두 배는 되고 폭은 3분의 2 정도였다.

몸체는 나무가 아니라 금속과 유리로 이루어져서 매우 스타일리시하고 미래적인 모습인 데다 기계식 은색 추가 정확한 리듬을 가지고 좌우로 흔들렸다. 전기를 쓰지 않는, 제대로 된 추시계다. 게다가 앤티크가 아니라 현대 기술로 만든 파릇파릇한 제품이다.

트집 잡을 데가 없다는 말은 그 녀석을 위한 것이었다.

나는 끽소리도 못 하고 그저 압도되어 가게 상황이 눈에 들어오지 않을 정도였다.

그때 갑자기 그 독일 녀석이 시간을 알렸다.

뎅뎅뎅뎅뎅….

좋은 소리였다. 마음이 찢어지는 것 같았다. 내 봉봉봉과는 현격히 차이가 나는, 마치 빛이 내리쬐는 듯한 행복감이 채워진 소리였다. 밝고 가벼웠다. 풍경 소리처럼 청량했다.

밝다. 가볍다. 시원하다. 세 박자의 장점을 다 갖췄다.

완패다.

"그럼 증거품으로 가지고 가겠습니다."

굵직한 목소리에 정신을 차린 나는 그제야 보관가게 마루에 수상한 인물이 있는 것을 알았다. 쥐색 양복을 입은 중년 남자와 남색 양복을 입은 젊은 여자, 그리고 또 한 명은 익숙한 얼굴로 근처 파출소의 순경이다. 가끔 순찰이라는 명목으로 얼굴을 내밀고 수다를 떨다 간다. 나쁜 사람은 아닌데 성실하다고 하긴 어려운 남자다.

물론 가게 주인도 있었는데, 수상한 세 사람에게 "그러세요"라고 말했다.

나는 손님이 있을 때 돌아왔나 보다. 그러니 상자의 뚜껑만 열린 채로 마루 구석에 방치된 것이다. 가게 주인은 택배 전표를 읽지 못해 나를 만져서 확인했다.

순경은 발칙하게도 **좌식 책상을 발판 삼아** 하얀 장갑을 낀 손으로 독일 녀석을 기둥에서 내렸다. 좌식 책상의 비명이 들린 것 같아 나는 크게 분개했다. 무신경한 순경은 독일 녀석을 커다란 비닐로 감싸 밖으로 옮겼다.

"망가뜨리지 마라. 고급품이야." 쥐색 양복남이 순경에게 말했다.

좌식 책상의 마음에 상처를 내고서 무슨 소리야!

가게 앞에 경찰차가 세워져 있었고 순경은 그 안에 독일 녀석을 옮겼다.

쥐색 양복남은 그 모습을 주의 깊게 지켜보더니 무사히 넣은 것을 확인하자 가게 주인에게 말했다.

"조사에 협조해주셔야 하니 앞으로 한 달 정도 외부에서 머무는 여행은 자제해주시죠."

네놈은 뭐 하는 놈이냐. 어깨에 국가라도 짊어졌냐. 그 외에도 이런저런 주문을 해대던 뭐 하는 놈인지 모를 쥐새끼는 남색 양복녀와 순경과 함께 경찰차를 타고 돌아갔다.

후우우우.

아이고야, 이제야 가게가 고요함을 되찾았다.

내가 상상했던 '밋밋하고 한심한 벽'도 드디어 모습을 드러냈다.

가게 주인은 좌식 책상을 위로하듯 젖은 행주로 닦아 구석으로 밀어두었다. 다음으로 안에서 발판을 가지고 와 기둥 아래에 놓았다.

엄중하게 포장된 나를 살그머니 꺼낸 가게 주인은 소중히 안고 발판에 올라가 원래 위치에 설치했다. 이 가게 안은 전부 기억하겠지. 가게 주인은 마치 눈이 보이는 것처럼 움직인다. 주머니에 든 휴대용 라디오를 조작해 시간 알림을 들으며 시간을 맞추고 나사를 돌렸다. 끼릭, 끼릭, 끼릭.

째깍째깍 째깍째깍….

나는 이제야 집에 돌아왔다고 느꼈다.

시간을 만든다.

젊은 시절, 나는 그렇게 믿었다. 내가 세상을 지배한다고 생각했다. 그러나 내가 움직이지 않아도 시간이 흐른다는 것을 알아차린 뒤로는 시간과 나의 관계가 달라졌다. 지금은 눈에 보이지 않는 시간을 사람에게 알리는 것이 내 존재 이유라고 생각한다. 바늘이 시간을 사람에게 알린다. 보이지 않는 가게 주인에게는 소리로 알린다.

가게 주인도 내가 완치된 걸 알았나 보다. 안도의 한숨이 들렸다. '앞으로도 잘 부탁해'라는 가게 주인의 마음속 소리가 내게도 들렸다.

보관가게 주인에게는 배우자가 없다. 따라서 손님이 없는 가게에는 목소리가 없다. 자연히 나는 그의 마음속 소리에 귀를 기울인다. 나도 목소리가 없다. 포렴도 유리 진열장도 좌식 책상도 목소리가 없다. 그러니 가게 주인도 우리의 마음속 소리에 귀를 기울인다.

할아범과 할멈처럼 확실한 대화는 없지만, 보관가게에는 마음속 소리가 교차한다. 가게 주인과 우리 물건들의 관계는 대등하다.

나는 가슴을 펴고 "나야말로 잘 부탁해"라고 응답했다.

머릿속은 '내가 집을 비운 동안 대체 무슨 일이 있었던 거야!'라는 질문으로 꽉 찼지만, 두 달 만에 내 집에 돌아왔고 내 자리가 있다. 그러니 됐다고 여길 수밖에.

의문은 서서히 풀리겠지. 지금 허둥거려도 소용없다. 게

다가 어지간한 의문은 풀리지 않아도 지장이 없다. 반세기나 살았으니 웬만해서는 동요하지 않는다.

그날 밤, 나는 어두운 가게에서 혼자 째깍째깍하며 고요함과 청결한 냄새를 곱씹었다. 여기다, 여기야말로 내가 있을 곳이다, 새삼스레 느꼈다.

차분해진다. 아주 아주 차분해진다.

가게 주인은 어렸을 때 실명하고 어린 시절 대부분을 맹인학교 기숙사에서 보냈다. 그때는 설날에나 돌아왔는데, 굉장히 얌전한 아이여서 반항기도 없고 문제를 일으키지도 않았다. 나는 그런 그를 친밀하게 느끼지 못했다. 성적이 우수해서 장래가 유망하다는 건 아버지가 동네 사람과 대화하는 소리를 들어 알고 있었다. 이 작은 상점가에 안주하지 말고 나라의 중추에서 활약하는 인생을 살면 좋겠다고, 아버지가 전화로 친척과 대화하는 것을 들은 적도 있다.

그런 아버지의 기대를 배신하고 여기로 돌아왔다. 나는 '왜지?' 싶었다. '왜 돌아왔지?' 그래도 지금이라면 알 것 같다.

길게 자리를 비운 뒤 비로소 '여기야말로 내가 있을 곳'이라고 생각했으리라. 지금의 나처럼. 다른 곳에서 불행했던 건 아니다. 아마 가게 주인도 그랬겠지. 거기도 기분 좋은 곳이긴 했다. 그러나 내가 있을 곳은 여기, 여기에서라면 노력할 수 있다. 할 수 있는 일을 성심성의껏 하겠다고 그는 생각했다.

이 가게를 시작했을 무렵 아직 10대였던 가게 주인은 사람들이 퍼붓는 이런저런 소리에 그렇게 대답했다. 나는 이제야 그 말의 의미를 진심으로 이해했다.

주인이 그때부터 지금까지 해온 보관가게 일을 계속 도와주자. 새삼스레 이런 생각이 들었다. 그러다가 불현듯 '오늘은 여기에 경찰이 왔었지'라는 사실이 떠올랐다.

3년 전이 생각났다.

이곳에서 '경찰 운운'하는 일이 그때도 있었다. 그런 일은 잘 없어서 생생히 기억한다.

점역 자원봉사자인 아이자와 씨가 해 질 무렵 가게에 왔을 때 가게 안은 난리였다.

간신히 걸어 다니는 한 살짜리 여자아이가 괴성을 지르며 종이를 찢어 여기저기 뿌려대서 가게는 종이의 바다였다. 여자아이는 뒤뚱뒤뚱 돌아다녔고, 가게 주인은 아이가 다치지 않게 필사적으로 지키며 뒤를 쫓아다녔다. 눈이 보이지 않아도 괴성 덕분에 움직임을 훤히 알 수 있었다.

여자아이가 찢은 것은 점자책이었다.

아이자와 씨는 들어오자마자 "세상에, 이게 무슨 일이야!" 하고 크게 탄식했고 가게 주인은 여자아이를 쫓아다니며 사과했다.

"죄송합니다, 말리지 못해서요."

아이자와 씨는 여자아이를 붙들어 안고 "얘가!" 하고 혼냈다. 그러자 여자아이가 뚝 얌전해졌다. 정말 그때까지의 소란이 거짓말 같았다. 아이를 입 다물게 하는 건 아줌마 특유의 능력일까.

뭐, 겨우 그런 일을 가게 주인은 못 했으니 총명함도 지성도 한 살 아이 앞에서는 아무런 도움이 안 된다. 나는 그게 참 재미있었다.

그 아이는 엄마가 데리고 왔다.

오후 3시쯤 홀쩍 와서 "잠깐만 맡아주세요. 장을 보고 올 테니까"라며 100엔을 두고 나가서 그대로 돌아오지 않았다.

사정을 듣고 아이자와 씨의 안색이 변했다.

"**잠깐만**이라고? 벌써 6시예요. 장을 세 시간이나 보겠어요? 경찰에 신고해야죠."

아이자와 씨는 여자아이를 안고 강한 어조로 말했는데, 가게 주인이 "조금만 더 기다리고 싶어요"라고 해서 드물게도 말다툼이 벌어졌다.

가게 주인은 최소한 8시까지라고 했고 아이자와 씨는 "지금 당장"이라고 말했다. 여자아이는 아이자와 씨의 품에서 엄지를 빨고 있었다.

"유괴나 감금 같은 이상한 의심을 사면 어쩌려고요? 얘는 여자아이고 기리시마 군, 당신은 혼자 사는 남자예요. 나는 당신을 잘 알지만 경찰은 의심하는 게 일이라고요. 무슨 소릴 들을지 몰라요."

아이자와 씨는 평소의 조심성은 어디로 가고 거침없이 말했다.

아이자와 씨의 오빠는 교도소에서 죽었다. 국가권력에 대한 의심이 남들보다 몇 배는 많다. 나도 이때는 아이자와 씨 의견에 찬성이었다. 여자아이를 위해서도 서두르는 게 좋았다.

가게 주인도 아이자와 씨도 서로 주장을 굽히지 않았다.

아이자와 씨는 "그렇다면 나도 8시까지 여기 있겠어요"라고 말했다.

간신히 논의가 정리되었을 무렵 여자아이가 잠들어서 마루에 이부자리를 깔고 아이자와 씨가 같이 누웠다. 그러다가 아이자와 씨까지 잠들었고 내가 봉봉 소리를 내도 두 사람은 깨지 않았다. 깊이 잠들어서 가게 주인이 "8시입니다" 하고 깨워야 했다.

"경찰에 데리고 갈게요."

가게 주인이 결심한 그때 아이 엄마가 나타났다.

지칠 대로 지친 얼굴이었다. 가게 주인이나 아이자와 씨에게 사과도 변명도 없었다. 그저 여자아이에게 사과했다.

"윳코, 미안해, 늦게 와서. 우리가 살 집을 찾았어."

엄마는 윳코를 힘차게 안았다. 아이자와 씨는 안심했는지 머릿속에 가득 찼을 불평을 그냥 삼켰다.

윳코는 꾸벅꾸벅 졸며 엄마에게 안겨 가게를 나갔다. 밖은 이미 어두웠다.

가게 주인은 불안해 보였다.

"이래도 괜찮을까요? 역시 바로 경찰에 신고해야 했을지도 몰라요."

한편 아이자와 씨는 후련한 표정이었다.

"뭐가 정답인지는 몰라요. 아무튼 우리가 할 수 있는 일을 했죠."

가게 주인은 "하지만" 하고 불안을 떨치지 못했다.

아이자와 씨는 스스로 변명하듯 말했다.

"괜찮다고 생각해서 한 일의 결과를 계속 신경 쓰면, 괜찮다고 생각하며 움직이지도 못하게 돼요. 괜히 답답하게 생각하지 맙시다."

아이자와 씨가 내린 결론에 결국 가게 주인은 "네" 하고
대답했다.

그때는 경찰 사태까지 발전하지 않았는데, 이번에는 결국
경찰이 가게에 들어왔다.

도대체 무슨 일이지?

다음 날은 아무 일도 없었다.

보관가게는 내가 아는 보관가게 그대로여서 물건을 맡기
러 오는 사람이 오전에 한 명, 오후에 두 명 있는 지극히 평범
한 일상이었다.

나는 정확하게 시간을 알렸다. 봉봉봉. 그 독일 녀석의 뎅
뎅뎅을 들은 뒤라 묘하게 무거운 느낌이다. 촌스럽고 시대에
뒤처진 것 같다. 할아범이 닦아준 나무 몸체도 그 새로운 금
속제 몸체를 본 뒤로는 칙칙해 보인다.

우중충한 기분으로 보냈는데, 다음 날 굵직한 움직임이
있었다.

포렴을 거둬들인 점심시간에 쥐색 양복남이 남색 양복
녀와 함께 가게에 오더니 가게 주인에게 '할 말이 있다'고 말
했다.

두 사람은 경찰 쪽 인간으로 2과라는 부서에 소속된 형사라는 신분이라고 했다. 지방 공무원이다. 국가를 짊어지진 않아도 도쿄는 책임지고 있는 셈인데, 그래서인가 역시 거만하다.

그 독일 녀석의 도난 신고가 들어왔다고 했다. 165만 엔이나 하는 고급품이라나. 놀랐다. 고급인 줄은 알았는데 비싸봤자 30만 엔 정도라고 짐작했다.

지금은 경찰서에서 절도 피의자에게 사정 청취를 하는 중이라고 했다.

쥐색 양복 형사는 가게 주인에게 연이어 질문을 퍼부었고 가게 주인은 신중하게 대답했다.

"당신은 그 시계가 손님이 맡긴 보관품이라고 했는데 왜 기둥에 설치했습니까?"

"보관 기간이 지나서 제 것이 되었는데, 고급품인 걸 알아서 버릴 수도 없고, 그렇다고 바로 전매하는 것도 좋지 않다고 생각해서 한동안 보관해두려고 했습니다."

"전매는 좋지 않다고 생각했다? 그 근거는 뭐죠? 보관한다고 판단하는 기준은?"

"감이라고 할 수밖에 없어요."

그러자 형사는 의심이 깊어진 표정으로 "감이라" 하며 가게를 둘러보았다. 유리 진열장 안의 오르골은 희귀한 앤티크로 가격이 독일 녀석의 수십 배나 나가는데 형사는 가치를 모르는지 시선이 그냥 지나갔다.

"그렇게 보관하는 물건을 보통 장식해둡니까?"

"아니요, 보통은 한 달쯤 안쪽 방에 넣어둡니다. 처분할 때도 그 정도 여유를 둡니다. 손님이 후회해서 찾으러 오실 때도 있어서요. 이 시계는 손님 본인이 그 후에도 신경을 쓰셨습니다."

"맡긴 사람이 말입니까? 나중에 찾으러 왔나요?"

"찾으러 온 게 아니라 보관 기간이 지나고 가게에서 시계를 사용하는지 확인하러 오셨습니다."

"그게 무슨 소리죠?"

형사가 날카롭게 파고들었을 때 내가 봉봉봉 시간을 알렸다. 야무지게 열두 번, 정확하게 소리를 냈다. 조사를 방해할 생각은 아니고 성실하게 내 일을 했을 뿐이다. 내 봉봉봉은 무시무시한 사건 이야기에 어울리는 중후함을 지닌 채 울려 퍼졌다.

가게 주인은 내 소리가 그치기를 기다렸다가 이야기를 이어갔다.

"저 벽시계가 고장 나서 수리하러 보냈으니 대신 다른 시

계가 필요하지 않겠느냐, 전에 맡긴 시계를 쓰면 어떻겠느냐
고 말씀하셨습니다."

"맡긴 사람이 말입니까?"

"네."

"그렇다면 보관하는 게 목적이 아니라 당신에게 저 시계
를 선물할 목적으로 가지고 왔다는 겁니까?"

"선물은 아니었을 겁니다. 다만 그 여성분은 항상 보관
품을 찾으러 오시지 않아서 결과적으로는 제가 받는 형태가
되어."

형사의 눈이 번뜩였다.

"그 여성과 당신의 관계는?"

"관계요?"

"당신에게 그 여성은 어떤 사람입니까?"

"손님입니다."

"가게 밖에서도 만납니까?"

"아니요."

"연락처를 교환했습니까?"

"성함만 알고 있습니다."

"이름을 말할 수 있나요?"

이봐, 쥐색 양복남. 이건 심문이잖아!

"그 시계를 여기에 맡긴 분은 사쿠라하라 사토미 씨입니다."

"본명은 알고 있나요?"

가게 주인은 숨을 들이쉬고 조용히 "모릅니다"라고 말했다.

그러니까, 가명이었어?

도난품인 시계가 들어온 건 내가 자리를 비운 사이에 생긴 일이어서 누가 맡겼는지 이때 알았다.

그렇군. 사쿠라하라 사토미였나. 게다가 가명. 그리고 도난품.

있을 법한 일이라고 생각했다.

사쿠라하라 사토미는 평범하게 생긴 여자로 한 달에 한두 번은 가게에 와서 뭔가를 맡겼다. 찾으러 온 적은 없다. 레코드나 손목시계, 여성용 옷, 신발, 특이한 것으로는 도시락을 두고 간 적도 있다. 냉큼 돌아간 적도 있고 길게 수다를 떨다 갈 때도 있었다. 묘한 손님이다.

나는 전부터 그녀를 문제시했다. 일종의 스토커 아닌가 하고.

스토커는 대상을 쫓아다니는데 그녀는 스토킹 대상이 보관가게 주인이니 여기에 오면 만날 수 있다. 그래서 쫓아다니는 방식 대신 계속 찾아오는 방식을 선택했다. 쉽게 말하면 단골손님이다. 쫓아다니는 행위인 건 맞지만 단골손님에게 돌아가라고 할 수는 없다.

화과자 가게 시절에 단골손님은 없어서는 안 되는 존재였다. 보관가게는 특성상 단골이 생기기 어렵다. 물건을 보관해 달라며 돈을 낸다니, 인생이 뒤틀린 인간 아닌가.

사람이 살다 보면 한두 번쯤 뒤틀리는 일이 생겨도 이상하지 않다. 그러나 매달 뒤틀리는 건 이상하다.

전에는 벼룩 사건이 터져서 손님 발길이 끊어진 적이 있었다. 가게 밖에 '벼룩 주의'라는 벽보가 붙었는데, 나는 그걸 붙인 사람이 그녀일지도 모른다고 의심했다.

손님이 하나도 오지 않는데 그녀만은 왔고, 벼룩 소동 직후에는 네 시간이나 여기에 머물렀다. 다른 손님이 오지 않으면 그녀에게는 잘된 일이니 가게 주인을 독점하고 싶었겠지.

그나저나 도난품을 가지고 오다니, 무슨 일이야, 사쿠라하라 사토미! 앗, 가명인가.

이름을 모르니 질책할 수가 없다.

내가 고장 난 걸 기회 삼아 직접 고른 시계를 가지고 와서 이 가게를 자기 색으로 물들이고 싶었던 걸까.

보관가게는 경찰의 요청을 받아 일시적으로 문을 닫았다.

그녀가 맡긴 물건 중 아직 여기 있는 것들을 경찰이 압수했다. 게다가 다른 보관품도 압수까진 안 해도 도난품이 섞여 있지 않은지 안쪽 방에서 일일이 확인하는 작업이 이어졌다.

경찰은 보관가게가 절도단의 절도품 보관처로 쓰이지 않는지 의심하고 철저하게 조사하는 듯했다. 보관가게 일을 어두운 조직이라고 가정하고, 그 가정을 뒤집을 정도의 **결백하다는 증거**가 없으면 하염없이 조사를 이어가려는 속셈 같았다.

결백을 증명하기는 어렵다.

보관가게 일은 이해하기 어렵다. 나도 받아들이기 어려운데 경찰이 받아들이지 못하는 것도 무리는 아니다.

경찰은 의심하는 것이 일이니 어쩔 수 없다지만 의심받는 쪽은 견디기 힘든 일이다. 가게 주인은 세 번이나 경찰서에 다녀와야 했다. 어디까지나 임의 청취여서 거부해도 되는데 가게 주인은 응했다. 신용이 제일인 장사이니 결백을 철저하게 증명하고 싶었겠지.

아이자와 씨도 출입하는 사람으로 경찰에게 청취를 받았다고 했다.

"오빠한테 전과가 있다고 나를 함부로 대했어요."

아이자와 씨는 잔뜩 화가 났다.

"무례한 질문을 잔뜩 해대고는 죄송하다는 말도 없이 어느 날 갑자기 조사가 끝났습니다, 수고했습니다, 라니 대체 뭐냐고요! 도대체 뭐가 어떻게 되어서 우리가 조사를 받았고, 어떤 사실로 결론이 났는지, 사건 전모를 우리에게 설명해주지도 않는다니까요. 피의자에 관해서도 개인 정보라면서 아무것도 가르쳐주지 않아요. 우리 개인 정보는 제공하게 하고선 말이에요."

아이자와 씨의 분노는 지당했다.

보아하니 시계 주인이 도난 신고를 취하했나 보다. 독일 녀석은 주인의 품으로 돌아갔고, 피의자는 혐의없음으로 경찰 조사가 끝났다.

보관가게는 원래의 보관가게로 돌아갔고 손님 발길이 끊어지는 일도 없었다.

유리딱새는 가게 앞 산딸나무 위에서 필릴리리리리 아름다운 목소리로 지저귀었다.

경찰이 들락거린 것을 상점가의 다른 가게도 알 텐데 다들 문제로 여기지 않았다. 어떻게 보면 경찰 신세를 지는 건 상점가에서는 흔한 일이다. 도둑질이나 무전취식이나 주차 위반 같은 일이 있으면 안 되지만 아예 없진 않다. 이번 일을 겪으며 주변에선 "그러고 보니 보관가게는 지금까지 큰 문제가 없었지"라고 인식한 모양인지 오히려 신뢰가 깊어지는 결과를 낳은 듯했다.

벼룩 소동이 오히려 더 손해였다. 그때는 가게가 망할 줄 알고 얼른 다른 장사를 시작하는 게 좋겠다고 생각했다. 나는 '물건을 파는' 제대로 된 장사에 적잖은 미련이 있다.

그러던 어느 날, 세일러복을 입은 여자아이가 가게에 왔다. 이 아이는 첫 방문은 아니다. 처음 왔을 때 가게 주인은 경찰에 참고인으로 불려 가서 없었고, 아이자와 씨가 "내일모레에는 돌아올 거야"라고 알려주었다. 그런데 모레에는 오지 않고 그로부터 2주가 지나 찾아왔다.

"보관가게 아저씨, 안녕하세요!" 여자아이가 인사하며 마루로 올라왔다. 신발은 가지런히 정리했다. 아이자와 씨의 교육이 한 방에 먹히다니 장래성이 있다.

"처음 오시는 손님이죠?" 가게 주인이 말했다.

"여기 오는 건 두 번째예요."

여자아이가 활발하게 말했다.

"언제 오셨죠?"

"여기 문을 닫았을 때요. 아줌마가 들어와도 된다고 해서. 잠깐 책상을 썼어요. 다음에 문 여는 날을 알려주셨는데 그날은 통원일이어서."

통원일?

"불편을 끼쳐서 죄송합니다." 가게 주인이 사과했다.

"정기 휴무일을 정하는 게 좋겠어요." 여자아이가 말했다.

"적어서 가게 앞에 붙여두면 될 텐데. 나도 이런저런 용무가 있고, 서둘러야 하니까요. 오늘도 문을 열었을지 불안했어요."

여자아이가 불평을 늘어놓으며 가방에서 편지 한 통을 꺼냈다. 귀여운 연분홍색 봉투다. 그걸 가게 주인에게 건네며 "반년 동안 보관해주세요"라고 말했다.

가게 주인은 봉투를 받고 손바닥으로 만진 뒤, "우표가 붙어 있네요"라고 말했다.

"네."

"반년이라고 하셨죠?"

"네. 그리고요, 만약 반년이 지나도 내가 찾으러 오지 않으면 우체통에 넣어주면 좋겠는데요."

가게 주인이 "우체통에 넣어요?" 하고 되물었다.

"우체통에 넣는 일은 별도 요금인가요?"

"아니요, 오로지 보관 요금만 받습니다."

"넣어줄래요?"

"네, 알겠습니다."

"다행이다."

여자아이가 얼굴 가득 미소를 지었다.

"딱 떨어지게 180일로 할래요. 1만 8,000엔이에요."

그러면서 돈을 냈다. 나이에 비해 거금을 갖고 있다. 요금을 정확하게 냈고, 가게 주인이 돈을 손바닥에 올려 확인했다.

"이제 용기를 낼 수 있겠어요." 여자아이가 말했다.

용기?

"이름을 말해야 하죠? 친구가 여길 이용한 적이 있어서요, 하루 100엔에 이름을 말하면 보관해준다고 알려줬어요."

"성함은요?"

"내 이름은 이치노세 하즈미예요."

"이치노세 하즈미 양. 180일. 우편함에 넣기. 확실히 받았습니다."

유리딱새가 울었다.

피로피로, 필릴리리리리….

피로피로, 필릴리리리리….

이치노세 하즈미가 웃었다.

"나요, 저 유리딱새랑 아는 사이예요."

"저 울음소리는 유리딱새군요."

"선명한 파란 새예요."

"파란 새, 그렇군요."

"아주 예쁜 색이에요. 보이지 않는다니 안됐다."

"네, 아쉽습니다."

"그래도 어른이 되었으니 다행이죠."

가게 주인은 바로 맞장구치지 않고 이치노세 하즈미의 이야기에 귀를 기울였다.

"나요, 다섯 살까지 살지 못한다는 소리를 들었는데 지금 열다섯 살이에요. 이대로 평범하게 어른이 될 줄 알았어요. 입시나 좋아하는 남자, 살이 쪘다거나 여드름이 났다거나, 내가 하는 고민도 반 친구들이랑 똑같아졌어요. 어렸을 때는 빠진 머리카락이 자라고 다시 걸을 수 있고 딱딱한 음식을 먹을 수 있으면 엄마랑 아빠가 기뻐했고, 나도 정말 기뻤는데 말이죠."

하즈미는 소풍 이야기라도 하는 것처럼 밝게 말했다.

"얼마 전에 재발한 걸 알게 돼서 곧 치료를 시작해요."

하즈미는 치료라는 말을 한 순간 얼굴을 찌푸렸다. 괴로운 기억이 있겠지.

가게 주인이 차분하게 물었다.

"이 편지는요?"

"좋아하는 사람에게 보내는 러브레터."

하즈미가 활기차게 대답했다.

"살아 있으면 차이는 게 무섭잖아요. 고백은 절대로 못 해요. 그런데 죽으면 무섭지 않으니까."

"죽다니… 이거… 반년 후죠?"

가게 주인의 당혹스러움을 이해했다. 이렇게 생기발랄한데 반년 안에 어떻게 될 리가 없다.

"건강해 보이죠? 그래도 그때쯤이면 결말이 날 것 같아요."

하즈미는 그 길의 프로처럼 말했다. 그 말엔 어려서부터 병과 함께 살아온 인간의 무책임과는 종류가 다른 포기 같은 것이 담겨 있었다.

지금까지 그녀가 어땠을지 생각하자 나는 슬퍼졌다.

"정말 좋아해요. 이 마음만은 전하고 싶어요. 사랑할 수 있는 나이까지 살았다는 증거니까. 죽은 사람이 보낸 편지라니 호러 같아서 오싹하겠지만, 사귀어달라는 건 아니니까 받은 쪽도 그렇게 부담은 아닐 거예요. 아니야…, 역시 당황하겠죠. 그래도 나는 지금 나밖에 생각할 수 없으니까요. 얘의 마음보다는 내 기분이 먼저예요. 제멋대로죠."

"다들 그래요."

"보관가게 아저씨도 자기가 제일 중요해요?"

"네. 저 자신을 제일 소중하게 여깁니다."

이치노세 하즈미가 의외라는 표정을 지었다. 곧 생긋 웃으며 밖을 보았다.

"저 유리딱새, 이제 수명이 다 되었다고 아줌마가 말했는데 저렇게 예쁘고 건강하니 나는 아니라고 생각해요."

가게 주인은 하즈미의 말에 가만히 귀를 기울였다.

"도감에 뭐라고 적혀 있든 저 파란 새는 살아갈 거예요. 계속 살아서 내년에도 내후년에도 저기에서 지저귈 거라고 나는 믿어요. 그런데 나를 놓고는 그렇게 생각하지 못하겠어요. 확률이 만 명 중 한 명인 병에 걸렸으니 꽝을 뽑는 체질인가 봐요. 그래서 나는 늘 나쁜 쪽을 상상하고 대책을 마련해요."

가게 주인이 하즈미의 말을 듣고 웃었다.

"그렇다면 제가 믿지요. 이치노세 양이 여기에 편지를 찾으러 올 거라고."

이치노세 하즈미가 진지한 표정으로 가게 주인을 바라보았다.

"제가 이치노세 양 대신에 믿겠습니다. 이치노세 양은 반드시 옵니다. 이 편지를 우편함에 넣는 미래는 제게 없어요."

가게 주인이 결정했다는 듯 말했다. 말투는 부드러운데 의연해서 세상의 모든 질서를 스스로 정하겠다는 거만함까지 엿보였다.

이치노세 하즈미가 얼굴을 찌푸렸다. 우는 줄 알았다. 조용한 시간이 흘렀다. 그때 나는 시간이 천천히 흐르게 했다. 불가능한 일을 최선을 다해서 해냈다.

하즈미는 눈물을 참아냈다. 그런 일이 어느새 특기가 된 모양이다.

"다음 주에 검사하러 입원해요. 오늘 가게를 열어서 다행이야."

그렇게 말하며 하즈미는 운동화를 신었다. 평범하게 활기찬 여자 중학생의 얼굴을 완벽히 되찾고 "또 봐요"라고 웃으며 말했다.

"기다리고 있겠습니다." 가게 주인이 부드럽게 대답했다.

활기찬 하즈미가 나간 뒤 가게 주인은 한동안 편지에 손바닥을 겹쳐 기도하듯 고개를 숙였고, 잠시 후 편지를 넣으러 안으로 들어갔다.

그날 해 질 무렵이었다.

백단 향기가 물씬 나더니 가게 공기가 달라졌다.

"실례합니다."

기모노를 입은 여자가 나타났다. 다케히사 유메지*의 미인화에서 빠져나온 듯한 모습이었다.

예전에 다케히사 유메지의 화집을 보관한 적이 있다. 보관 기간이 지나서 가게 주인의 것이 되었으나 시각장애인에게 화집은 **돼지 목에 진주 목걸이**나 마찬가지이니 가게 주인은 전매했다. 사고 싶다고 온 고서점상이 아주 좋은 값을 매겼다.

"이렇게 아름다운 그림을 못 보다니 이거 딱합니다." 고서점상은 듣기에 따라 매우 실례되는 발언을 했는데, 가게 주인은 솔직한 인간에게 호의적이어서 "보이지 않으니까 팔 때 미련이 없어서 돈으로 바꿀 수 있지요"라며 타산적인 소리로 대꾸했다.

아무튼 지금 가게에는 일단 봤다가는 미련이 남을 미인이 존재한다. 이 살풍경한 보관가게에 한 떨기 꽃이다. 가게까지 고급스러워진 기분이다.

가게 앞에 새까만 차가 세워져 있다. 여긴 상점 차량 이외에는 진입 금지인 구역이다. 경찰차나 구급차 같은 특별한 차는 별개다. 정차된 차는 딱 봐도 고급 차인데, 이런 게 상점가에 진입하다니 사건이다. 아니, 경찰 교통과도 이런 고급 차 앞에서는 "아이고, 걱정하지 말고 가세요" 하고 예외를 인정

---

* 수많은 미인도를 남긴 일본의 화가이자 시인. 유메지 시대라고 불릴 정도로 서정적인 그림과 시로 유명했다.

할 것이다.

뭐야, 오늘은 또.

안에서 나온 가게 주인이 놀란 표정을 지었다. 그녀의 몸에서 나는 향냄새에서 이상 사태인 것을 알아차렸으리라.

"여기가 보관가게죠?"

기모노를 입은 여자가 말했다. 참으로 요염한 목소리였다. 그쪽 길의 프로라고 생각했다. 그쪽 길이란 무희나 호스티스나 퍼스트레이디나, 아무튼 그런 전통적인 여성의 길 말이다.

가게 주인이 머뭇거리며 "네" 하고 대답했다.

"잠깐 시간을 내주실 수 있을까요?"

"네, 그럼요."

기모노 여자는 나긋나긋한 움직임으로 마루에 올라오더니 허리를 살짝 비틀어 진짜 가죽에 비단 끈이 달린 나막신을 보드라운 하얀 손으로 가지런히 모으고는 힐끔 바깥을 봤다. 행동이 첩자처럼 산뜻하고 군더더기가 없다. 여자의 '힐끔'을 신호로 고급 차 운전사가 보자기에 싼 크고 긴 것을 안고 가게로 들어와 마루 중앙에 놓았다.

여자는 등을 펴고 앉아 차분하게 보자기를 풀었다. 복숭아에서 모모타로ももたろう가 태어나는 순간이나 대나무에서 가구야히메かぐやひめ가 나타나는 순간처럼 빛을 느꼈다.*

추시계가 모습을 드러냈다. 예의 그 독일 녀석이다!

번쩍번쩍 빛났다.

우아한 여자에 우아한 시계. 아아, 다케히사 유메지여, 그대가 지금 여기에 있었다면 그리지 않을 수 없었겠지, 이 여자와 시계를. 대표작 〈흑선〉에 버금가는 걸작이었을 게 분명하다. 시간을 되돌려서 불러오고 싶다.

유메지, 시공을 뛰어넘어 오라고!

봉봉봉봉봉봉, 나는 소리를 냈다. 독일 녀석 앞에서 촌스러운 소리를 내는 건 쪽팔리지만 어쩔 수 없다. 시간이 됐는데 소리가 안 나면 내가 존재하는 의미가 없다.

"이걸 받아주시지 않겠어요?"

여자가 말하자 가게 주인은 독일 녀석을 만지고 "이건…" 하고 중얼거리더니 입을 다물었다.

여자는 손님용 방석을 가게 주인 앞에 놓고 "앉으세요" 하고 말했다. 역시 손님을 다루는 데 프로다. 당연히 여자가 손님이지만 접객 스페셜리스트 앞에서 성실함만이 장점인 가게

---

* 모모타로와 가구야히메 모두 일본의 설화다. 모모타로는 복숭아에서 태어나 영웅이 된 소년, 가구야히메는 《다케토리모노가타리竹取物語(대나무꾼 이야기)》에 나오는 대나무에서 태어나 이후 달로 돌아간 공주다.

주인은 단순한 도련님으로 전락해 마치 마법에 걸린 것처럼
얌전히 앉았다. 그래도 가게 주인은 질문을 잊지 않았다.

"누구시죠?"

가게 주인의 질문에 여자가 대답했다.

"사쿠라하라 사토미라고 합니다."

가게 주인의 얼굴이 굳어졌다.

나는 봉, 하고 소리를 낼 뻔했는데 간신히 참았다. 깜짝이
야. 이 사람은 보관가게에 몇 번이나 왔던 사쿠라하라 사토미
와 전혀 닮지 않은 여자다. 목소리도 다르다. 존재감이 별격
이다.

도대체 무슨 일이람?

낡은 시계의 동요는 아랑곳하지 않고 여자가 말했다.

"이 시계를 여기에서 써주실 수 있을까요?"

"받을 수 없습니다."

가게 주인이 즉답했다.

그야 그렇지. 절도품이라고 해서 경찰에게 이러쿵저러쿵
조사를 받았다. 그런 시계를 이 가게에 둘 리 없다.

"이건 절도품이 아니에요." 앞에 앉은 사쿠라하라 씨가 말
했다.

"애초에 절도 사건 자체가 없었어요. 이건 제 것이고 그녀

에게 줬어요."

"그녀라고요?"

"이 시계를 보관가게에 맡긴 사람이요."

나의 째깍째깍 째깍째깍 소리가 가게에 흘렀다. 째깍째깍
이 신경 쓰일 정도로 고요했다.

사쿠라하라 씨는 휴우, 하고 요염한 한숨을 쉬더니 "사요
와는 소꿉친구여서"라고 말했다.

"초등학생 때부터 늘 함께였어요. 머리가 좋고 박식해서
제게 공부를 가르쳐줬죠. 철봉 거꾸로 오르기나 뜀틀은 제가
잘해서 사요에게 가르쳐줬고요. 마음이 잘 맞고 사이가 좋아
서 제겐 자매 같은 존재였어요."

아니 아니 아니, 그럴 리 없지. 그 사쿠라하라 사토미와 이
사쿠라하라 사토미는 달라도 너무 달라서 소꿉친구나 자매라
니, 아니 아니 아니, 나란히 서는 것조차 상상하기 어렵다.

"중학교를 졸업하고 저는 기생집에 들어가서 수행을 시작
했어요. 집안 사정도 있었지만, 예쁜 기모노나 일본식 머리를
동경했어요."

역시 화류계 여자였군. 이 여자의 일본식 머리 모양을 상
상해보았다. 아름다움은 가히 국보급이다. 방일訪日한 대국의
대통령이 선물로 데려가고 싶지 않을까.

"진로는 달라도 사요와는 연락을 주고받았어요. 사요는 고등학교를 졸업한 뒤 대학에 진학하고 대기업에 취직했죠."

앞에 앉은 미인은 '사요'라고 발음할 때마다 목소리가 형용할 수 없이 부드러워졌다. 숨길 수 없는 따스한 마음이 엿보였다.

"저는 열여덟 살에 동기童妓가 되어 수행만 하지 않고 일도 시작했어요. 스무 살을 넘기면서 정식 기생이 되었고 찻집이나 요정에 인사를 다녔는데, 그 무렵에는 너무 바빠서 사요와 전혀 만나지 못했어요. 몇 년이 지나 단골로 찾아주시는 분이 늘어 생활이 편해졌죠. 오랜만에 사요에게 연락했더니 정직원이 아니라 파견직이라는 걸 하며 고생하는 것 같았어요. 제가 집에 초대하자 아름다운 것만 잔뜩 있어서 멋지다고 칭찬했죠. 그때까지 열심히 노력했던 것을 전부 인정해준 것 같아서 말로 표현하지 못할 만큼 기뻤어요. 손목시계나 레코드, 옷이나 가방, 신발, 칭찬받은 모든 것을 사요에게 줬어요. 사요가 기뻐하길 바랐어요. 사요는 고맙다고 말했죠. 그런데 손목시계를 차지 않고 옷도 입지 않았어요."

"이 시계도요?"

"이건 단골손님께 받았는데 우리 집에 왔을 때 사요가 칭찬해서 선물했어요. 사요는 거절했지만 그냥 사양하는 줄 알고 억지로 권해서 가져가게 했죠. 며칠 뒤 우리 집에서 시계가 사라진 것을 알고 손님께서 물어보셨는데, 곧바로 좋은 변명이 떠오르지 않아서 모르는 사이에 없어졌다고 했어요. 그러자 손님께서 경찰에 도난 신고를 하셨죠. 저는 경찰의 연락을 받고서야 그 사실을 알았어요. 저는 그렇게 비싼 물건인 줄 몰랐어요. 사요가 이 시계를 들고 가는 모습이 맨션 방범 카메라에 찍혔고, 경찰이 그걸 찾아내는 바람에 사요가 마치 절도범인 양 되고 말았어요."

"사요 씨는 어떻게 되셨나요?"

"경찰에 제가 바로 사정을 설명해서 혐의는 풀렸어요. 저는 경찰에게 야단을 맞았죠."

경찰 놈들, 이런 미인을 야단치면서 어떤 태도를 보였을까. 아이자와 씨나 가게 주인을 대할 때의 태도와 달리 옷차림을 단정히 하고 "앞으로는 조심하십시오"라고 아뢰었을 게 틀림없다.

사쿠라하라 씨는 슬프게 웃으며 천천히 말했다.

"사요에게 사과하려고 아파트에 찾아갔는데, 깔끔하게 정리된 기분 좋은 집이었어요. 제가 준 물건은 무엇 하나 없었죠. 자기에게 어울리지 않아서 보관가게에 맡겼다고 했어요."

사쿠라하라 씨는 눈에 눈물이 맺히자 품에서 하얀 손수건

을 꺼내 꾹 눌렀다. 참 요염한 행동이다. 남자든 여자든 상관
없이 그녀와 알게 된 인간은 전부 반해버리겠지. 용모만큼 행
동거지도 대단하다. 여성은 그녀 곁에 가까이 가지 않는 게
좋겠다. 어떤 여성이든 한참 부족해 보일 테니까.

그런데 사쿠라하라 씨의 매력도 가게 주인 앞에서는 돼지
목에 진주 목걸이. 보이지 않는다는 비법 덕에 가게 주인은
그녀의 요염함을 알아차리지 못한다.

나는 문득 생각했다. 이 유례없는 요염함은 그녀의 본질
일까?

열다섯 살부터 화류계에서 배운 행동거지. 그것은 그녀의
능력이지 본질은 다른 데 있을지도 모른다.

"저는 이렇게까지 미움을 받는 줄은 상상도 못 해서."

"사요 씨가 사쿠라하라 씨를 싫어한다고요? 왜 그렇게 생
각하시죠?"

"저를 싫어하니까 제가 선물한 것을 전부 버린 거죠."

사쿠라하라 사토미는 슬프게 눈을 내리깔았다.

가게 주인에게는 그 긴 속눈썹이 보이지 않겠다고 생각하
자 아쉽기도 하고 안심되기도 했다. 아무튼 가게 주인은 침착
했다. 그는 이렇게 말했다.

"사요 씨는 여기서 당신 성함을 댔습니다. 그걸 아시나요?"

"제 이름을요?"

사쿠라하라 씨가 놀랐는지 커다란 눈으로 가게 주인을 바라보았다.

"사요 씨는 당신을 좋아해서 당신처럼 행동하고 싶었던 것 아닐까요?"

"저처럼요?"

"다른 사람에게 물건을 주는 거요. 저는 사요 씨에게 장어 도시락을 받은 적이 있습니다."

"장어요?"

"네, 그건 사쿠라하라 씨가 사요 씨에게 준 것은 아니죠?"

"네, 준 적 없어요."

"사요 씨는 사쿠라하라 씨의 마음이 기뻤습니다. 그러나 본인은 돌려줄 게 없었어요. 그러니 손 닿는 곳에 둘 수 없었죠. 그건 아마도 당신과 대등해지고 싶었기 때문일 겁니다."

"대등?"

"물건을 받으면 그 사람과의 관계가 달라진다고 생각하지 않으세요? 손님과 당신의 관계. 당신과 사요 씨의 관계. 같습니까?"

사쿠라하라 씨는 가게 주인의 질문을 진지하게 생각하는 듯했다.

"한쪽에서 일방적으로 물건을 주면 친구라는 관계성이 무너지지 않을까요? 학창 시절에는 사요 씨가 공부를 가르쳐주고 당신이 뜀틀을 가르쳐줬죠. 사요 씨는 학창 시절과 같은 마음으로 사쿠라하라 씨와 사귀고 싶었기에 받은 것을 처분했을지도 모릅니다."

"저와 사귀고 싶어서? 그래서… 처분…."

사쿠라하라 씨는 고개를 숙이고 잠깐 생각에 잠겼는데, 곧 이해했다는 듯이 끄덕이고 고개를 들었다.

"저는 손님께 선물을 받는 데 익숙해져서 사요에게 무신경한 짓을 했나 봐요."

그녀가 불안해하며 가게 주인에게 물었다.

"사요와 예전처럼 지낼 수 있을까요?"

가게 주인이 미소 지었다.

"아무 일도 없었던 것처럼 다시 만나서 대화를 나누면 어떨까요?"

나는 다시 봉봉봉 울었다. 봉봉봉이 그치기를 기다린 사쿠라하라 씨가 해보겠다는 듯이 고개를 끄덕였다.

"많은 신세를 졌습니다."

사쿠라하라 씨는 자세를 가다듬고 세 손가락을 바닥에 댄 뒤 고개를 숙였다. 이어서 마지막 부탁이라는 표정으로 가게 주인을 바라봤다.

"그래도 이 시계는 받아주실 수 없을까요? 사요가 그러길 바랄 것 같아요."

그러자 가게 주인이 조심스럽게 말했다.

"저기 걸린 나무 추시계는 오래돼서 종종 망가지는데 봉봉, 하고 차분한 음색으로 노래합니다. 저는 어려서부터 이 소리를 들으며 자랐어요. 지금도 이 소리가 시간을 알려줍니다. 저에게는 없어선 안 되는 소리입니다."

사쿠라하라 씨가 이해했다는 듯이 웃고 "알겠습니다" 하고 말했다.

내 가슴에 기쁨보다는 슬픔이 깃들었다. 이쪽에서도 저쪽에서도 거부되는 독일 녀석이 불쌍했다. 이렇게 멋진 시계를 누구 하나 원하지 않는다니 이건 잘못되었다.

사쿠라하라 씨는 나막신을 신고 옷깃을 정리한 다음 "이제 연회에 간답니다"라고 말했다.

"제 기생 이름은 사요예요. 친구에게 비밀로 이름을 받았죠."

그녀는 표현을 찾는 것처럼 잠시 입을 다물었는데, 이내 찾았는지 큼지막한 눈으로 가게 주인을 쳐다보았다.

"저는 사요처럼 되고 싶었어요. 이 이야기를 사요에게 하려고 해요."

국보급인 그녀가 가게에서 나갔다.

사흘 뒤에 찾아온 아이자와 씨는 이 이야기를 듣더니 "세상에, 그 시계를 돌려보냈어요?" 하고 몹시 아쉬운 표정을 지었다.

"나는 마음에 들었는데요. 뭐, 이 나무 시계도 풍정이 있긴 하죠. 그런데 앞으로 몇 년이나 버틸까. 망가져서 못 쓰게 된 뒤에 다음 걸 찾기보다는, 늘씬한 스타일에 요즘 느낌 나는 그 멋진 시계로 미리 바꿔두는 것도 방법일 텐데."

가게 주인은 재미있다는 표정으로 "경찰 소동이 났는데요. 질리지 않으셨어요?" 하고 물었다.

"그거랑 이건 다른 문제예요."

아이자와 씨가 고개를 저었다. 그러더니 힘을 실어 말했다.

"누가 뭐래도 나는 그 시계가 좋았어요."

꼭 사랑 고백 같다.

그러자 가게 주인이 웃으며 말했다.

"아이자와 씨 댁에서 쓰시겠어요?"

"네?"

무슨 소린지 이해를 못 했는지 아이자와 씨가 놀란 표정을 지었다.

가게 주인이 경위를 설명했다.

"사쿠라하라 씨, 새로운 단골손님에게 커다란 스위스제 탁상시계를 받아서 이걸 집에 둘 수 없다고 여기에 두고 가셨어요. 100엔을 받고 하루 동안 보관하는 조건으로 처분해달라고 부탁받았습니다."

"그리고… 이미 사흘이 지났다는 거예요?"

"네." 가게 주인이 웃었다.

"안쪽 방에 넣어두었습니다만 아이자와 씨, 가지고 가시겠어요?"

"무슨 소리예요. 팔면 거금이 생길 텐데요?"

아이자와 씨는 그렇게 좋아한다고 말했으면서 시계가 지닌 가치에 겁을 집어먹고 완전히 엉거주춤해졌다.

가게 주인이 고개를 저었다.

"수만 엔쯤 되는 물건이라면 팔겠지만, 그 정도로 가치가 나가면 바로 전매하는 건 어려워요. 또 경찰의 관심을 끌지도 모르고요."

아이자와 씨의 뺨이 발갛게 물들었다.

"나한테 주려고요?"

그제야 마음이 나는지 청혼받은 여자처럼 가슴에 손을 대고 기대에 가득 찬 표정을 지었다.

가게 주인이 "네" 하고 웃다가 생각났다는 듯이 말했다.

"양도가 아니라 맡기는 건 어떨까요?"

아이자와 씨가 다시 놀란 표정을 지었다.

가게 주인이 자세를 가다듬고 말했다.

"저는 아이자와 씨와 지금처럼 지내고 싶습니다."

아이자와 씨도 자세를 바로잡았다.

가게 주인이 말했다.

"전에 점자책에 대한 감사의 의미로 뭔가 드리고 싶다고 했을 때, 자원봉사라 물건을 받을 수 없다고 하셨죠?"

"그럼요. 나는 봉제 일로 생계를 꾸리니까. 점자는 쉬는 날, 말 그대로 취미 같은 기분으로 하는 거예요. 받아주는 사람이 있는 것만으로도 기쁘고, 늘 맛있는 차를 대접해주잖아요. 그걸로 충분해요."

"관계가 달라지지 않게 시계를 드리는 것이 아니라 맡아서 써주시는 형태로 받아주실 수 있을까요?"

아이자와 씨가 "아이고, 어려운 말을 다 하시고" 하며 웃었다.

"어느 쪽이든 좋아요, 나는. 기리시마 군과 나의 관계는 달라질 리가 없는걸요. 게다가 저렇게 대단한 시계가 내 비좁은 아파트에서 시간을 알려준다니 기적 같은 일이잖아요. 기뻐요. 그저 기쁠 뿐이에요."

가게 주인은 보자기에 싸인 독일 녀석을 안에서 가지고 와 아이자와 씨에게 건넸다. 아이자와 씨는 그것을 자기 자식처럼 사랑스럽게 안고 생긋 웃더니 "보관 요금은 깎아줄게요"라는 말을 남기고 바쁘게 돌아갔다.

저 번쩍번쩍한 녀석이 아이자와 씨 아파트에서 뎅뎅뎅 시간을 알리겠구나.

나는 독일 녀석을 위해 기뻐했다.

진심으로 원해주는 장소를 찾아서 필시 의욕이 넘치겠지.

나는 오랫동안 보관가게에 상품이 없는 것이 마음에 걸렸다. 그런데 최근 들어 여기에도 상품이 있다는 걸 알았다. 그건 바로 '시간' 아닐까.

물건이 일시적으로 머물 곳이 되어주는 보관가게.

손님에게는 그 물건과 마주할 시간을 제공한다.

손님은 선택하라는 재촉 없이 모호한 상태로 방치할 수 있다. 때로는 도망칠 수도 있다.

보관가게는 세상에서 보면 자그마한 존재다. 그러나 그런 여백으로 존재하기에 도움이 되는 게 아닐까. 손님에게도 물건에도.

어쩌면 가장 도움을 받는 건 가게 주인 본인일지도 모른다.

전에 인기 있는 정보지의 '독특한 가게 특집 코너'에 보관 가게를 다루려고 작가와 사진가가 취재하러 온 적이 있다.

잡지에 실리면 가게가 주목을 받고 손님으로 이어질 텐데 가게 주인은 정중하게 취재를 거절했다.

작가가 제시한 캐치프레이즈는 '현대의 피난처. 사심 없는 주인이 당신을 구원합니다'였는데, 그런 설정에 맞춰서 할 이야기가 없다는 이유였다.

가게 주인은 강력하게 주장하거나 겸손해하는 것이 아니라 그저 솔직하게 자기 마음을 말했다.

"저는 일을 완수하느라 머리가 꽉 찼습니다. 보관가게라는 일은 매일 뭔가를 생각해야 해요. 개선할 점은 개선하고 일을 제대로 하자고 생각하며 지냅니다. 예전부터 제 파트너가 되어준 낡은 시계나 포럼에게 질문을 던지기도 하죠. 내가 일을 제대로 하고 있느냐고요. 저를 희생하지 않습니다. 오히려 제 생각만 하지요. 손님을 기쁘게 하는 행동도 전부 제 인생을 좋게 만들기 위해서 합니다."

처음에는 곤란한 표정으로 듣던 작가는 점차 감동한 표정을 지으며 이렇게 말했다.

"모두가 선생님처럼 자신의 인생을 추구하는 삶을 산다면 타인의 불행을 바랄 여유가 없어서 이 세상이 평화로워질 것 같군요."

캐치프레이즈는 취소하고 사진을 찍어 돌아갔다.

잡지에는 주소와 가게 외관을 찍은 사진 한 장, 그리고 '하루 100엔으로 무엇이든지 보관해드립니다'라는 설명만 실렸다.

너무도 조촐하게 실려서 손님은 늘지 않았다.

하루 100엔으로 보관품을 맡아 사람들의 마음, 나아가 물건의 마음까지도 달래주는 《마음을 맡기는 보관가게》가 세 번째 이야기로 찾아왔다. 너무 훌륭해서 먹고 자기만 하는 하얀 고양이 사장님이 있는 보관가게는 늘 그렇듯이 상점가 끄트머리에서 손님을 기다린다. 이번에는 어떤 사연과 사정이 이곳을 찾아왔을까.

《마음을 맡기는 보관가게》 시리즈는 사람은 물론이고 동물이나 사물의 시선으로도 세상을 보여주는 것이 특징이다. 3편 원서의 부제는 '그녀의 파란 새'인데, 여기에서 알 수 있듯이 파란 새가 화자로 등장하고, 빛을 보지 못한 원고가 화자로 등장하고, 심지어는 절지동물까지 화자로 등장해 재잘재잘 말을 늘어놓는다. 이 시리즈와 만나면 제일 먼저 누가 이야기를 들려줄지가 궁금해지는데, 절지동물의 말까지 들을 줄이야! 정말 예상하지 못했다. 문제의 절지동물은 첫 에피소드의 주역인데, 녀석의 정체가 밝혀지고서부터 왠지 모르게 몸이 근질근질해지는 기분이었다. 사장님은 귀여워하면서 절지동물은 불편하다니 동물 차별 같은데, 질병의 매개이니 어쩔 수 없고 생김새도 좀 그렇다. 그래도 이 녀석의 시선을 차츰차츰 따라가다 보니 웃음이 나왔다. 인간에게는 당연한 것이 녀석의 머릿속에서는 전혀 당연하지 않다. 실제로 보는 건 가능하면 사양하고 싶지만, 보관가게 사장님의 측근인 이 녀석은 익살맞아서 귀여웠다. 또 녀석이 들려주는 이야기와 결말에 조금 숙연해지기도 했다….

저자 오야마 준코는 인물(동물, 사물 등등)에게 개성을 부여해 매력적으로 보여주는 능력이 대단하다. 매번 새로운 인물(동물, 사물 등등)을 고안하는 일은 쉽지 않을 것이다. 저마다 다른 성격과 배경과 고민을 부여해 캐릭터로 만들고, 그들의 시선을 통해 보관가게의 이모저모를 보여줘야 한다. 에피소드에 맞는 캐릭터를 만들기 위해, 혹은 캐릭터에 맞는 에피소드를 만들기 위해 많은 고민이 있지 않았을까. 게다가 얄미운 캐릭터는 있어도 누구 하나 싫지 않으니 감탄만 나온다. 과연 앞으로는 또 어떤 예상치 못한 캐릭터로 우리를 놀라게 할까.

그나저나 보관가게에 또 경찰이 찾아왔다. 범죄에 연루되었을 가능성이 있다고 여겨져서 상황이 다른 때보다 심각해 보인다. 가게 주인 기리시마와 보관가게는 나쁜 짓과 100억 광년은 떨어져 보이는데 말이다. 보관가게라는 일, 보관만 하면 되니 신선놀음 같다가도 자꾸만 경찰이 나타나는 걸 보면 위험부담이 참 큰 업종이다. 한데 아무리 불길한 바람이 불어도 기리시마는 언제나 반듯하고 유유하다. 그렇다고 나약하지도 않다. 자기 앞에 벌어진 일을 담담히 받아들이고 대처한다. 의연하다는 말이 이렇게 잘 어울리는 사람이 또 있을까. 기리시마의 말이나 행동을 지켜보면 닮고 싶다는 생각이 든다.

마지막 에피소드에서 오랜 세월 같은 자리를 지킨 벽시계는 마침내 보관가게의 의미를 깨닫는다. 보관가게는 맡긴 사람은 물론이고 맡겨진 보관품에게도 시간을 주는 공간이다. 미루게 해주고 방치하게 해주고 도망치게 해주고 머물 곳을 준다. 대단한 도움을 주는 것도 아닌데 마음이 편해진다. 이렇게 기댈 수 있는 가게가 실제로 있다면 얼마나 좋을까. 보관가게가 정말로 있다면 사장님을 보고 싶다는 흑심을 품고 한달음에 달려갈 것이다. 현실에 없어서 더 그립고 사랑스러운 이 공간이 한국에서도 오래오래 많은 사랑을 받으면 좋겠다.

이소담

지은이

오야마 준코大山 淳子

남다른 시선과 감각적인 서술로 일상을 어루만지는 일본의 소설가이자 드라마 시나리오 작가. 1961년 도쿄에서 태어나 와세다대학교 교육학부 국어국문학과를 졸업했다. 10년간 전업주부 생활을 하다 43세에 시나리오 학교에 입학해 2006년 《초승달 밤 이야기三日月夜話》로 제32회 기도상 입선, 2008년 《밤샘하는 여자通夜女》로 제12회 하코다테항 일루미네이션 영화제 시나리오 대상 그랑프리 등을 수상하지만 '무명이라서 일을 줄 수 없다'는 말에 시나리오의 원작이 되는 소설을 쓰기로 결심한다. 1년 동안 열 편의 장편소설을 완성하는 노력 끝에 2011년, 《고양이 변호사》로 제3회 TBS·고단샤 드라마 원작 대상을 받으면서 본격적인 집필 활동을 시작했다.

보관가게라는 특별한 공간과 세계관을 소개한 1권, 팀 보관가게 구성원의 과거가 밝혀진 2권에 이어 이번 3권에서는 가게를 찾은 손님과 그들의 사연에 초점을 맞춘다. 각각의 에피소드에 예상을 뛰어넘는 화자를 등장시켜 이야기에 활기를 불어넣고 벅찬 감동을 선사한다.

작가의 또 다른 주요 작품으로는 《고양이 변호사》 시리즈, 《고양이는 안는 것》, 《빨간 구두赤い靴》, 《이이요 군의 결혼 생활イーヨくんの結婚生活》, 《눈 고양이雪猫》 등이 있다.

옮긴이

이소담

동국대학교에서 철학을 공부하다가 일본어의 매력에 빠졌다. 읽는 사람에게 행복을 주는 책을 우리말로 아름답게 옮기는 것이 꿈이자 목표다. 지은 책으로《그깟 '덕질'이 우리를 살게 할 거야》가 있고, 옮긴 책으로《소녀 동지여 적을 쏴라》,《내 오래된 강아지에게》,《50세에 떠나는 기분 좋은 혼자 여행》,《밤하늘에 별을 뿌리다》,《빵과 수프, 고양이와 함께하기 좋은 날》,《십 년 가게》등이 있다.

마음을 맡기는 보관가게 3

초판 1쇄 인쇄 2024년 11월 25일
초판 1쇄 발행 2024년 12월 2일

지은이	오야마 준코
옮긴이	이소담

책임편집	오윤나
디자인	형태와내용사이
책임마케팅	김서연, 김예진, 김소희, 김찬빈, 박상은, 이서윤, 최혜연, 노진현, 최지현, 최정연, 조형한, 김가현, 황정아
마케팅	최혜령, 도우리
경영지원	백선희, 권영환, 이기경
제작	제이오

펴낸이	서현동
펴낸곳	㈜오팬하우스
출판등록	2024년 5월 16일 제2024-000141호
주소	서울시 강남구 테헤란로 419, 11층(삼성동, 강남파이낸스플라자)
이메일	info@ofh.co.kr

ⓒ 오야마 준코

ISBN 979-11-94293-49-1 (03830)

모모는 ㈜오팬하우스의 출판브랜드입니다.